爱在人间

LOVE ON EARTH

红炉印心 著 ○

我调整了我的心情
放慢了迈出的脚步
不料与你
又重逢在梅园的小路

辽宁大学出版社
Liaoning University Press

图书在版编目（CIP）数据

爱在人间/红炉印心著. 一沈阳：辽宁大学出版
社，2017.7
ISBN 978-7-5610-8731-2

Ⅰ.①爱… Ⅱ.①红… Ⅲ.①诗集－中国－当代
Ⅳ.①I227

中国版本图书馆 CIP 数据核字（2017）第 168465 号

爱在人间

AI ZAI RENJIAN

出 版 者：辽宁大学出版社有限责任公司
　　　　　　（地址：沈阳市皇姑区崇山中路 66 号　　邮政编码：110036）
印 刷 者：鞍山新民进电脑印刷有限公司
发 行 者：辽宁大学出版社有限责任公司
幅面尺寸：170mm×240mm
印 　 张：18.25
字 　 数：200 千字
出版时间：2017 年 7 月第 1 版
印刷时间：2017 年 7 月第 1 次印刷
责任编辑：王　健
封面设计：周　琦
责任校对：齐　悦

书 　 号：ISBN 978-7-5610-8731-2
定 　 价：49.00 元

联系电话：024－86864613
邮购热线：024－86830665
网　　址：http://press.lnu.edu.cn
电子邮件：lnupress@vip.163.com

前　言

菩提千年，你是我在红尘中最美的缘

红炉印心诗歌大众点评：

特别喜欢看她的诗词，如果人与人的内心之间有神秘桥梁的话，那她的每一个句子就是搭建心灵桥梁的绿枝，只要有心的地方，都能无声藤蔓舒展，满足人们去探究内心——姚小红@中国创业猎头

干净，少有的佳作！——华哥

读者才是真正的老师，读者喜欢，诗歌才有生命力！——心灵之歌（千刊联盟）

真正的美是从自然涌现出来的喜悦，它没有原因，也没有动机，只是此刻想去分享它所产生出来的喜悦。谢谢你的美！——宗建@亚洲国际餐饮协会

红炉印心的作品堪称当代诗坛的一股涓涓细流，质朴、清新、自然、本源，文如其人，言为心声，的确是不可多得的精神食粮，传递真善美，角度恰适，值得点赞！——如海@北京三才国学院

红炉印心的诗，贴近生活，诗句优美，寓意深刻，令我百看不厌！——小鱼儿

80后才女妈妈，有着细腻的内心世界，对生活充满热爱和想

象，所以才会写出这样美丽的诗句。——晕晕

作品很不错，我好喜欢红炉印心的作品——黄霞

把生活写得如此美好——梅香寒林

红炉印心的诗，朴实自然，贴近生活，生动形象，词藻优美，寓意深刻，非常吸引读者的心……永远给读者别样的感触——angel's Feather

写得真好，给人一种平静安宁的感觉！很喜欢——感谢有你

文字质朴，情感真挚。——Steven Hu

真实又能触及到灵魂深处的诗句，谢谢亲爱的你和你的文字带给我的美好感觉——阿秀

文思敏锐，感情细腻，是现代社会中不可多得的一股清泉——北冥有鱼，其名为鲲

作品内容写得非常深刻，每读一次非常有感受！诗中有画的意境！红炉印心文笔非常好，是一位高水平高境界的诗人！特此观后有感！赞赞赞！——韦博善书画艺术

好喜欢红炉印心的诗，贴近生活，好多就好像发生在我们身边的事——李平海

在这么逐利的年代，能这么热爱诗歌，坚持写诗，还写得这么好，真了不起，当代萧红！——炳

太棒了，写得很有意境！清纯，让人仿佛置身于那宁静的清纯

世界。——郑娇

给个大赞，静静地感受一下大自然的秘密！——邹晓兵

很喜欢红炉印心的作品，朴实纯真——李海霞

写得真好——玉

写的太好了，久久回味——Ming

小妹真棒——高增平

文字真奇妙，短短几句，寥寥几字，竟意味深长，回味无穷
——小飞哥

写得不错，是近代海子之后难得的清纯之作！支持——老笨猫

诗词很有韵味，直击人心，32个赞——平安贷款·刘津嫣

情感细腻，文风朴实，写得好！——mei gui

透过细腻而丰富的文字让生活更加美好！大赞红炉印心的作品，一直支持！——念之深蓝

贴近生活的力作，感悟人生有佳咏。
丹心素怀句如玉，情凝笔端著心声。——孤独与快乐

诗意的生活，生活的诗意。一字一句皆为灵感的迸发，一点一滴都是情感的诉说。不是诗人，却在平凡的生活里随处写满了诗。——清风

享受诗情画意，文字给人的感觉是一幅幅情怀满满的画面——smile桃

红炉印心的诗写得贴近生活，很久没有看到这样好的诗篇了。——Gao

岁月流声，知音难觅！——A-sam

有生活，有思想，有水平——王胜利

写得真好——呼啦啦

很喜欢红炉印心的作品，朴实纯真，你真棒——海之蓝

红炉印心的作品诗句优美，妙笔生花——石花

此刻的我，把我所有的赞都给你！我们江西人的骄傲！——水英

作者的笔墨栩栩如生，让读者有身临其境的感觉。非常好——懂我

"渴了
就喝口水
饿了
就同鱼虾追逐

困了
就栖息在蓝天之下
拥抱某朵旷野之花"多么淡定从容的处事之道。随遇而安，与世无争。诗人写得不错，写出了大多数漂泊游子的心声！——周天兵

知　音

文/红炉印心

你可曾在漆黑的夜晚
遥望过天上的星星
有没有那么一颗
走进过你的眼睛

她不是最亮晶
却夺走了你的心
你因她的光明
保留了最初的纯真

尽管她
时常照耀肥沃的田野
还有成片茂密的树林
以及那树下的人影

她将她的魂灵
赠予了她心上的情人
你仍然不灭心中
火热的感情

仍然相信
相信她是你生命中
不可缺失的知音

　　感谢红尘中遇见的每一个可爱的你，擦肩而过留下的痕迹。我会牢记此生我在人间的点滴，拥抱你们赐予我的惊喜！一路同行，感恩你们丰富了我贫瘠的人生！无论我长到多大的年纪，我都会永葆心灵那一份最初的纯真！

红炉印心

目录

　　——真的好喜欢，好喜欢你

辑

一

爱在人间

酿不出一段体贴的语言
来作为一本诗集的内容简介

只觉得流水的时间
那许许多多篇
是我于岁月里留下的滴滴点点

说与不说
它来过人间
见与不见
它不在身边

取一片虔诚
走入形色的人群
留一处思念
为爱轻易遗落在人间

往后
管它渐渐模糊还是愈加分明
只需记得
它是我在世间独一无二的人生

201705290700

她遇过很多的别人也遇过很多的自己

每走过一段路都会迎来一场新的相遇
她遇过很多的别人也遇过很多的自己
途经了夜晚的黑暗也走过白昼的明亮
这中间身体的相貌与品性不断地变幻

每当一段寂静日子开始她便翻阅回忆
看看那些消逝的再也不能拥抱的自己
体验生命中的一部分从此永恒地分离
例如十六岁的花季以及那羞涩的情意

她与那娇嫩的年纪再也不会含羞重逢
她调拨着时间的闹钟爱抚着怀中孩童
听窗外小雨淅沥朦胧渐渐将思绪收拢
任凭花开花落她终究要回归现实之中

她不再年轻不看你的眼睛不散发热情
她天天向上却铁石心肠令人不能向往
你如何与她长久相处却又不生出痛苦
这需要你睿智的眼光与一颗忠诚心肠

切记不要动摇一颗心与一颗心的友好
也不要狠心责怪那存在的终无法张扬

有时候沉默相伴胜过无数鲜花与鼓掌
你终会越过无情学会孤独地欣赏美景

201703231700
（首发于中国诗歌报微信公众平台）

表白

她火焰似地挂在高空
端坐青枝绿叶之中
点燃少年多么饥渴狂热的梦

他的心能一直这样跳动吗
她能一直美妍地挂在高空吗

谁能给他一个永恒的春天
持续花儿的娇艳

谁能给她一根长绳
拴住这爱情的永恒

201704090830
（首发于人人都是诗人微信公众平台）

十九年，弹指一挥间

我由北至南
跨越万水千山
怀里藏着一封信函
无一字肯与爱情相关

我站在你的城市
想象着你现在的样子
你的爱人以及你的孩子

如果他们都来
我就悄悄离开
我只看你一眼
假装我从不曾出现

十九年
弹指一挥间
我的爱从不曾走远

201704122130

我多么想你

一辆马车
能跑出多远的距离
一个人与另一个人
又能藏住多少世间的秘密

我在一场
无人告知的梦里
重遇了你

多么爱你
多么想你
一切沉睡的记忆都被勾起

201703030820

只要你肯来

只要你肯来
带着你送我的一束花开
以及你的白发苍苍一同跟来

我不会责怪
你来得太晚
更不会大喊
让你走开

我会擦亮我的双眼
移步镜前
为这生命尽头
奢侈的相见

你目所能及的娇艳
都是我在篱前
丢失的蜜语甜言

你触手可及的肩膀
是我在漫漫岁月中
为你守候的城墙

只要你肯来
我便没有悲伤

我欣喜为你打开
夜晚的每一扇孤寂的门窗

201705061700
（首发于西凉诗刊微信公众平台）

原来，我们竟是如此地相像

我带着我干瘪的胸膛
和短浅的目光
经过了你的一片海洋

你迟迟不肯上岸
终不能安静地坐在我的身旁

我只能远远地观望
看你悠闲地沐浴阳光
看你缓缓地徜徉

你一会儿高兴
你一会儿忧伤
总不能把所有的欢乐背负肩上

201701302120

不变的信仰

这里洁白的云朵悬挂高高的山岗
这里青枝绿叶簇拥着庄严的台阶

这里是圣洁的道场
这里是心灵朝拜的方向
这里注定会遭遇思想与思想的碰撞

随手置一颗伟大的心愿
于许愿廊
我不在乎往后风刮向何方
更不纠结一段地久天长

只要这身躯贴近大自然的胸膛
我的眼睛就能看见金色的光芒
这是我此生要永恒守护的信仰

201705180930

我是一个小孩

我小小的手
扶着坚硬的石墙
每上一步台阶
我都没想过停歇

我有我的方向
我知道前面就是终点

下山的途中
我于硕大的管道上坐着
很快就和成堆的泥土
交上了朋友

我知道
有人曾提起过裙摆
厌恶过
这旅途随时纷飞的尘埃

但我是一个多么可爱的小孩
我爱上了
这纷飞的尘埃

201705181230

· 13 ·

多么熟悉的身影

多么熟悉的一道身影
小小的
红的　绿的　蓝的暖瓶
在少女的手里
轻盈

风吹乱
我的发髻
露出许多记忆的痕迹

我也曾是这样一道
曼妙的风景
蜜一般甜美的笑声
以及天真

放眼望去
那片是牵手的树林
池水还是过往的澈清
倒映着初心

只是
我不能再多看一眼
因那画面里的人

离去后
就再也不曾遇见

201706011730

我与父亲

窗外柳絮纷飞的清晨
我在厨房熬着粥
想起了我的父亲
不知他是否
也在做着和我同样的事情
我不会马上拨通他的号码
去倾听他的声音

我们之间
时常就是这样冷冷清清
我习惯了这样的场景
我与父亲一北一南
中间隔着万水千山
唯有这头顶飘浮着同一片蔚蓝

我记得我的父亲
在棉花地里穿梭的情形
我就跟在他的后面
我采摘过的每一朵棉花糖里
都有他沉默的身影

我记得我的父亲
夜半三更穿着雨靴去田埂
我在前面父亲在后面

手电筒照亮了我的天空
父亲留在黑暗之中

父亲的真正身份并不是农民
父亲还做着其他的事情
我初中的一篇获奖征文里有写过父亲
父亲的耳边有过伤痕
父亲教我学会试着放过他人

这漫长的人生
我怎会轻易忘记了父亲
我是父亲前世今生的根
我的灵魂里飘荡着父亲的身影
这胜过了世上一切最动听的声音

201704290800
（首发于首都文学微信公众平台）

院子里的月季花开了

院子里的月季花开了
它与外界断绝了来往
它与外界隔着一堵高高的围墙

没有更多的人前来观赏
它依然怒放

它散发着清香
它绝不隐藏
绝不隐藏自己在世间最美好的形象

201704181500

我们的约定

我们的约定
出生在娇嫩的年龄
终止于纯洁的爱情

我们将一个无法带入人世的孩子
在心上雕刻一个小小的名字
对这小小的名字
我们也不便隆重展示

它无缘目睹日月星辰
它时常相拥黑暗阴冷
它竭力守护不朽的永恒

流水的时光
美好的过往
深沉的忧伤
爱人的衷肠
……

201704121200

她目所能及都是美丽

每当她前去一个地方
这颗心定会生出感想
她目所能及都是美丽
绝不让阴影爬进眼睛

她深深知道心归何处
所以将脚下所走之路
均一一看得明白清楚
这心灵不敢滋生痛苦

这思想日夜有所顿悟
女人一旦保持着温柔
那她一定会幸福满足
身心也就超出了世俗

201703220730
（首发于当代汉诗微信公众平台）

直白的忧伤

在那拐角的墙边
在那木质的篱前
我于花开的季节
爱慕过娇艳

我乔装打扮地出现
一遍又一遍
对那遇见又重逢
总是最耀眼的那一朵
首先映入我的眼帘

我承认我的爱有所区别
我承认我对她们进行过选择
我的言语不够含蓄
我的爱太过直白

那些不曾关注的视线
那些不曾停留的地方
那些缺失告别的一声不响
于漫长的岁月里
滋生了忧伤

201705080800

告诉你们一个秘密

每当她从我的身边经过
总是会投来深情的眼眸
她将她的头
低低地置于我的胸口
这让我感觉
自己此生从来没有白白来过

她不是我的主人
不是赐予我生命的恩人
但却是让我倍感幸福之人
我与她没有丝毫的陌生
我的每一次盛开
她的每一次到来
都让我的存在有了珍贵的情怀

白昼的苍穹啊
夜晚的群星啊
我是人间的一朵花儿啊
告诉你们一个永恒的秘密
无论我活着还是死去
我的人生因她而有了惊喜

201705022130

待悲伤来临之时

我走进一片森林听见了树枝呻吟
完全没有一点绿色印入我的眼睛
但是这丝毫不影响我快乐的心情
因我知道那生命的火苗正在燃烧
不久的几周后定会向我得意招摇

我在森林的小道听见了孩童在笑
她快速地奔跑朝着她心中的目标
秋千滑梯足够给予她甜蜜的欢喜
我僵着身体痴痴站在安静的土地
很快就拥有了神奇的超自然魔力
闭目呼吸加入她天真烂漫的游戏

时间从我的身边流逝总一声不响
晚霞之光很快照耀到了我的身上
该是离开的时候去往我来的地方
顺便把这幸福滋味一并按入胸膛
待悲伤来临之时要说与喜悦相识

201703172200
（首发于中国诗歌报微信公众平台）

下雪了

这里的长椅上
你可曾短暂地坐过
这里的湖水
你可曾轻轻地抚摸

我认识
这里的一群鸭子
还有几只鹅
听她们欢乐地向我诉说

有一位白色的客人
这两日悄悄来过
她增添了
人们目所能及的美色

她的洁白
让人们心生情爱
她的洁白
清洗了人们心脏附着的尘埃

201702222130

咫尺天涯相隔着遥远

我寻找恰当的时间
拾起生命中的空闲
重回我们欢乐的地点

携手并肩
我在世间最美的情缘
然后慢慢卸下
眉宇之间万千思念

你不在我的身边
咫尺天涯相隔着遥远

往后的岁月
我一定延长
我们相聚的时间
绝不让那悠悠离别
朦胧了你的双眼

201702161000

村里的那口池塘

村里的那口池塘
别来无恙
你可还记得
三十年前的那位小姑娘
她头顶着太阳
小手使劲地刷洗着
手中的大衣裳
她一不小心就掉进了你的胸膛

她无力挣扎上岸
她不能自由地徜徉
她恐惧地一步步走近死亡

在这夏日正午的寂静村庄
村民们都安歇在家中的板床
安抚劳累的一对肩膀

没有人会想起村里的那口池塘
也没有人会知晓
此刻那池塘
正吞噬着一位小小的姑娘

201702122030

我能找个人替我睡觉吗

我老了老了
我的脚崴了
不能走路了
我的皮肤也干皱了
水分严重地缺少了
我越来越唠叨了
亲人越来越受不了了

我老了老了
很早就上床睡觉了
但一直都睡不着
我熄灭了家中一切的光源
我命令儿孙们不许发出任何声音

可是我能禁止人们放炮吗
我能让邻居家的狗不狂叫吗
我能找个人替我安稳地睡觉吗
我能变回十七岁的样貌吗

十七岁的少女是多么友善美好
十七岁少女的心跳我再也不曾听到

201702022300
（首发于首都文学微信公众平台）

小城来过一位佳人

漫步在一座山城
迎面而来都是陌生

没有人看着她的眼睛
没有人熟悉她的身影
没有人可影响她的心情

一个多么普通的女人
流连忘返于陌生的小城

没有人知道
小城里此刻正行走着
一位曾经多么娇嫩的佳人

201705141100

打开一扇窗，朝着你的方向

那一封密密麻麻的信
我托了一人又一人
那一天
我的初心撞碎了鄱中的校门

篮球架下
我一直没有等到你的身影
从此洁白的裙
于我柔软的心田扎下了苦涩的根

我等不及
你给我一段情感的清晰
北上的列车
已将我的空壳载走
我留给你一片年少的沉重

我本该多么宽容地与你挥手
却不想背负了残忍
我连路过的星辰一并痛恨

如今你就在我的身旁
触手可及的地方
我却不能握住你的一对肩膀
倾诉别后岁月的衷肠

我有什么忧伤
都不便对你一一细讲

我只能
在每一个孤寂夜晚来临的时候
悄悄打开一扇窗
朝着你的方向
亲吻你的诗行
静嗅一缕书香

201705141000

花前

公园里的那一簇花前
站立过无数脚尖
为这朵朵娇妍
多少人心生了执念

谁能不热爱那色彩缤纷
谁不想成为闪耀之人
谁愿舍弃清晨追逐黄昏
谁厌恶温热钟情冰冷

一个可爱的孩子和她的母亲
花前欢乐亲密的合影
走进一个男子孤独凄凉的眼睛

他是一位离家出走的父亲
抛弃了一段珍贵的感情
远离了他在世间最亲密的人

他一心想要出人头地
却忽略了
生命的终极意义
首要是生活的惬意
满心欢喜
201705112130

小城的小巷

我带着属于我的时光
不曾与任何人秘密商量
去了一条简陋的小巷
关注着小城的人来人往

一个卖水果的年轻女子
穿着灰色的衣裳
她呆滞的目光
惊起了我心中久违的悲伤

她一直在忙碌地搬运着果箱
不曾向我投来一束光芒
她的男人在一旁抽烟
眼睛凝望着蓝色的天
享受此刻短暂的空闲

他没有嫉妒之火
他安心地干着自己的工作
他看起来面目冰冷
他没有时间去关注更多的别人
……

201705111600

鱼缸

我是一条鱼儿游在鱼缸
有水的地方就是我亲爱的家乡
有时候我会孤独地徜徉
发出一些声响
有没有人前来观赏
我永葆我青春自由的模样

有时候我的鱼缸
会突然增加一些新的伙伴
我不问她们的来处
只投以柔光一束
终日欢乐地与她们和平相处

我是水墨的颜色
过于单调朴素
对那金色的耀眼
与我日夜擦肩
我并不熄灭心中升起的火焰
我习惯任何颜色
停靠在我的身边

我的心
是这口冲不出的鱼缸
生来就有了指定的方向

赐予我生命的地方
就是我梦想的天堂
我吸纳所有的光芒
只为照亮黑暗的胸膛
我吐出的一字一行
要为生命带去温暖

201705122100

过往

我站在人生的十字路口
两手握着一阵微风
关于这空洞
我不赋予任何的伤痛

我继续踏步往前走
丝毫不期待你的回头
对那湖边
我们曾经的十指紧紧相扣
我也不匆匆赶走

我仍然对那湖面水波
投以温柔
它不应该承担任何的过错
为那来过又走

我无须拥抱天长地久
我为那曾经的守候衷心祝福
牢记此生
我曾为一人默默地倾注过全部
我曾为一人痴痴地日夜停留

201705080930

我偶然来到了一个地方

这里的每一条小道上
都有五彩缤纷的花儿
供我欣赏

这里的每一棵大树底下
都有成片的树荫
供我乘凉

这里的每一处果园
都有果实
正在努力地生长

这里的每一个帐篷内
都有一位母亲
在深沉地呼唤

这一声声的呼唤里
暗藏着果实的芳香
这芳香去向四面八方

我是一个流浪的孩子
眼里挂着忧伤
偶然相遇了
这世间美丽的天堂
201705061500

来自星星的声音

妈妈
云朵的舞蹈很优美吧
坦坦的琴声很悠扬吧
鸢泊的书法很磅礴吧
我们一起欢乐地欣赏好吗

妈妈
比赛还没有结束呢
请不要走开好吗

妈妈
请熄灭你胸膛火热的愤怒
请收起你灵魂小小的嫉妒

妈妈
请停止对我的攻击
对我的贬低

妈妈
请认真倾听
听听来自星星的声音

我有一颗纯洁的童心
不曾爬进任何的阴影

谁肯来与我相比
这颗心可拿第一

201705061530

母亲

母亲
与我相隔并不遥远
我会寻找恰当的时间
与她相见

对那轻轻告别
母亲从不抱怨
你永不会在我的眼中
寻觅到
一星半点的泪痕

我挤出大部分的时间
去丰富我的人生
母亲就是其中的完整

我从不曾忘记过母亲
母亲的身影
就在这灯下字里行间

待我再看一章节
我便匆匆睡去

母亲

定会在梦中
与我灿烂相迎

201705022220

辑
二

我是一个小小的孩子

我是一个小小的孩子
一个刚刚
脱离盛载生命摇篮的孩子
感恩来到这个美丽的人世

我悄悄地
记住了一个人的名字
她就是我的母亲
我爱她做的每一件事情
我如影随形甘愿做她的影子

每一朵蔷薇花前
母亲都要站立很长的时间
不忍告别那小小的盛开的篱前

每一个蔚蓝的天空
母亲都会沐浴风中
我爱她如花的脸庞
向我投来温柔之光

201704300800

为这一次相见

为这一次相见
我花了整整一个上午的时间
修饰容颜

我将那最姣好的一面
带去街头
那另一面丑陋的
留给归来时的自己

对这反复的让人惊喜又嫌弃
我不介意

我不介意
这人生无可奈何的痕迹

201704210840

我不再等了

十九年了
你杳无音讯
我决定不再等了

我已经备好了纸笔和经文
就要出行
去成为那无苦无痛之人

你的突然来到
以及你金色的花轿
挡住了我欲前往之路

我该找寻一个怎样的理由
为这短暂的青春白白地辜负

你走吧
忘了吧
我就要去修行
爱已成泡影

201704140930

我来了

听说
你的肺出问题了
我的眼泪就忍不住地流下了

我家窗台那一只会说话的小鸟
是你派来的吗
它的脸上
挂着和你一样浅浅的微笑

我马不停蹄地奔跑
一秒也不敢耽搁
我怕我来晚了
就再也不能相见了

我在你病房的门口
久久不敢敲门
我怕我一敲
你就碎了

你是那么爱我
到了临死才肯与我诉说

201404141100

我试着将一个成人的繁杂慢慢放下

我从一张往日的照片里能看到什么
我是胖了还是瘦了或者快乐悲伤了

树儿穿上新衣了风吹着发丝凌乱了
我的笔触突然生出一丁点儿灵感了

我可否去一个地方顺便将童心带上
试着将一个成人的繁杂慢慢地放下

我多久没有奔向一条河流洗刷双手
在它洁净的冰凉之处体验无虑无忧

心灵的纯真与热情不关乎人的年龄
只要那可爱的倒影配上美丽的心情
一定能看见昔日的少女是多么迷人

201703051730

总有一片天空为我而蓝

无论我去向何处
从不感觉前路艰难
因我始终相信
总有一片天空为我而蓝

凡是我途经的道路
都不与我悲伤诉苦
只赠予我深深祝福

谁的身体里不藏有病毒
但这病毒需要自己清除

一旦排毒养成了习惯
这生活也就不再辛苦
心灵也就日渐地富有

201703021200

我努力温柔如从前

我没有一天不在你的身边
不曾泛起过对于你的思念

陪你长大赐你金色的年华
为你偷偷种下善良的嫩芽

愿意像你作小花儿一般地绽放
无须面对生活的波浪有所隐藏

愿意如你总能轻易地将微笑蔓延
多么幸运不敢凋谢了心灵的容颜

我努力纯朴天真美丽温柔一如从前
好让我配得上拥有你的每一个明天

201703010900

我会记得，有那么一个冬天

多么悠闲
可以如此自在地
追随蓝天

有你的地方
总是最美的画面

不去想
那关于未来的
太过遥远

只需记得
有那么一个冬天
你温暖了
我的视线

世间的一切
酸甜苦辣
都不会永恒不变
唯有这美好的画面
长留在我的心间

201702231300

我的脚崴了

我的脚崴了
很快就肿了
再也不能像往日一样
自由行动了

我安静地躺在床上
看着窗外的星空
悄悄饮下
这杯自己亲手酿下的苦痛

我需要更换一下
约会的时间和地点
请那自由的风和蓝色的天空
前往我今晚漆黑的梦

这算是一场意外吗
这意外诞生了
些许的无奈和悲哀

我在这无奈中渐渐地清醒明白
一个女人的身躯是多么脆弱
谁也不可以随便地冷落
纵然那天空飘着七彩的云朵
处处悬挂着无法抵挡的诱惑

你也要当心
当心脚下正踩着的坎坷

你不会知道
你不会知道
到底是哪块石头突然就闯下了大祸
虽然它们平时看起来好好的

201702061900

我信手涂鸦

总有一些空洞的想法
不知道如何去完美地呈现与表达
习惯了在一些地方信手涂鸦
写下一堆自己才能看懂的乱码

比如
我让一面雪白的墙壁
盛开了无数朵娇嫩的小花

这些小花从不出生于富贵名门
它们无名无姓
总是喜悦我的心灵
与我如影随形

如果有一天
你不小心遇见了我的花儿们
不要生气也不要责骂
请宽容地将它们送至我家

201702051230

我热爱那片高高的树林

我热爱那片高高的树林
它赐予了我心灵的安宁

每当我没有什么重要的事情
我便与我挚爱的人一同前行

在光与影中修炼美好的心灵
为倾听孩子天真烂漫的声音

201701022300

亲切的习惯

去向哪里
都始终带着她的伙伴
这是她亲切的习惯

风吹着纸翻
翻滚着她的期盼
在期盼中迎接每一次黑暗

201701291930

珍贵的秘密

在农村呆得久了
你便向往那高楼大厦的城市
仿佛那城里流淌着无尽的甜蜜
这便是大多数人的心理
也是我多年走过的痕迹

可是
当某一年某一天
你真的踏上了城市的钢筋水泥
你便开始怀念起了遥远的土地
关于家乡的一切消息
你都不再嫌弃

那亲爱的
一滴水
一坏泥
一片绿
都是你珍贵的惊喜

201701232030

如果哪天她从你的城市经过

少妇的心思总让人难以琢磨
日日迷恋那天上飘浮的云朵
仿佛云朵里有她美丽的传说
以及她昔日绣花抚琴的闺阁

在那闺阁里你与她偷偷相约
之后诞生了一些情感的承诺

无论哪天她从你的城市经过
你会安静地等候并携带快乐
也绝不告知任何人她曾来过

201701232300

笼中

在这五月的边缘
在这幽静的山野
总有浓密的枝叶
为我送来凉荫

我来回地游荡
感恩这身躯富有的自由
额头也寻不见忧愁

前面有一处园子
里面各种大小的笼子
我是来观赏还是来探望
就这样于山中
相遇了他的目光

是忧伤
还是幻想
是今生
还是更长

我离开
身后传来声响
我回头
他正摇晃着那铁的窗
201705312000

那一个五月的下午

那一个五月的下午
沙滩是我的全部

一个被遗弃的红苹果
太过眼熟

我捡起它
指尖还能触碰到温度

你应该还没有走远
就在这大海的边缘

201705262200

致遥远的情人

你认识我的时候
我正剃着男生的头
一次多么任性的丑陋
所幸那时我活泼温柔

你赠我的粉色纽扣
我至今缝于胸口
还有你课间写的小纸条
一字一行
不曾逃离过半日
陪我苍老
连同那一起赏过的小花
也成了我人生中秘密的习惯

我那遥远的情人
我那遥远的亲人
你要原谅我
对往日的情深我做不到冰冷
感恩你丰富了我贫瘠的人生

201705081030

人到中年

人到中年
时光突然
把我送到你的身边

不要害怕
不要羞脸
我早已忘却
那些滚烫的似水流年

你家月季花的旁边
有那么一段时间
浮现着我的容颜
你无须让他从屋里出来
一遍又一遍

我不会采摘
不会伤害
只是那花丛中
有几片绿色的叶子
坐错了位置

它们不该遮挡
花中皇后的胸膛
容我将它们一一扶正

就立马走开
你再也不会
看见我回来

201704261730

深沉的向往

我经历过苦难
也品尝过悲伤

我一无所有
除了一座黄金的宝藏
一个彼处的海岸

我看不见黑暗
我的眼睛就是灯盏

我穷尽一生
甘心做黄土地底下
一颗种子的祥和
笼罩世间一切坚硬的心窝

201704270650

花开无果

回首
已十九个春秋
泪湿了一筐衣袖

对那痕迹
她不打算清洗
那是一个女子
十九年来
爱的全部成绩

她时常梦见
那欢乐的大学教室
他们正是从那里相识

天使执意送他到她的身边
她却亲手斩断了这千年情缘

如今她仍孤身一人
空守日月星辰
唯那翩翩少年
撕不去的眼帘

十九年
花开无果

一曲悲歌
人生几何

201704220900

最后的光阴

他走过丰茂柔软的草地
呼吸着这里无比新鲜的空气
脸上总泛着幸福的笑意

他听小鸟儿歌唱
闻小花儿芬芳
沐浴明媚的阳光

他掌控他的视线
愉悦他的思想
他不去触及悲伤

他不看水中的倒影
他不听落花的呻吟

他是一个高龄老人
负了青春
他留恋这世间最后的光阴

201704210700

我就要起身离开了

我就要起身离开了
去往诗情画意的江南
去往那人人向往的天堂

我在首都机场等待飞机起航
我在广告牌上看见了故乡
故乡有你儿时的宝藏

漫山遍野的映山红正在怒放
每一片红色
都是故乡对你深情的呼唤

自从你嫁给了这干燥的北方
你就成了我在江南怯怯的向往

此刻
我就要离开了
我不期待你来机场看我一眼
我憔悴的容颜不便相见
……

201704191000

少女之心

我一年年地期待着春天
我一次次地变换着容颜

我乘着火车
去看望亲爱的家乡的梨树
它拥有了和我一样的岁数

我每天都依偎在梨树身边
将某朵飘落的梨花别在胸前

多么短暂的春天
我目睹着满树的梨花消失不见
无一缕春风肯让我一一告别

可亲爱的你知道吗
那消失不见的其实不是梨花
那是我盛开的少女之心啊

这一次次开始又结束的过程
让我明了了又爱又恨的人生

无论我长到多大的年龄
请保留

请保留
我那一颗不肯老去的少女之心

201704141130

承诺永远不会化为灰烬

你不说
我依然能倾听
听到一种来自山野的声音

你遇过那儿的小花
用那儿的溪水清洗过头发

你不必害怕
只要你还肯回家

我的眼睛一旦宠幸过爱情
承诺就永远不会化为灰烬

201704122000

栅栏上升起的红花

我依附的是铁
吸收的是锈
我是栅栏上升起的一朵红花
你切勿将我私自摘下

我的藤尽情地攀爬
将这户人家与那户人家
阻挡在同一片蔚蓝之下

我的根盘踞在黑暗的地下
自由地勾搭
将这户人家的黄瓜
与那户人家的南瓜
交叉

我允许它们自由地来往
我成全它们真实的愿望

没有什么需要阻挡
心是唯一的方向

201704101000

我爱过一个女子，叫惠风

我爱过一个女子
她叫惠风
我只看她的文字

我不去见她
我不贪恋她的花貌月容
更不试图将她揽入怀中

我看这门前满树的梨花
就似见着了她
这白洁净了我的心胸
那香气扑鼻芬芳了我的天空

我无须刻意走进谁的世界
但凡我走过
定会留下不灭的痕迹

201704100900

无名无姓

在这欢乐的
春天的节日相聚
与她重又相遇

他措手不及
呆呆地站在原地
手里的梨花
还来不及抛弃

她越走越近
这距离让人胆战心惊
他切不可再次靠近

天上的星星
等同于人类的眼睛
人类的眼睛
倒映着纯洁的心灵

分手后的两个人
有了各自的家庭
便不可再滋生
一些额外的感情
这感情生来无名无姓
201704091200

我将一切都看在眼里

我总能轻易地
猜测到你的心意
你不开心我就远离

我去捕捉鱼虾
我去采摘野花
我把最好的都为你留下

然后悄悄地走开
躲在几尺之外

你是青春全部的记忆
你是生命唯一的美丽

我将一切都看在眼里
哪怕我们的人生再也没有交集

201704090750

我用美好迎接新的一天

门前桃花开得多么娇艳
我用美好迎接新的一天
断然不能拥抱不良杂念

每个夜晚我很早就睡了
早睡早起一旦列入生命
一种习惯很容易就养成

一颗野草向来无人问津
至于它努力娇嫩的过程
我从不肯轻易诞生疑问

疑问重重只表内心虚空
面对爱人亲人及朋友们
我只负责默默张望欣赏

201703220630
（首发于当代汉诗微信公众平台）

很多年前，那一张美好的画面

很多年前
我看见一家饭店连接着蓝天
心中便不由地升起了美好的画面

关于它未知的一切都进行了省略
微笑着单纯地闯进它的世界

我匆匆找了一个相对安静的角落
看着阳光在窗帘上恣意地附着
相信它肯光顾窗帘定然也会照耀我

我多情地卖弄着我青春的姿色
把这场意外的邂逅当作秋天的收获
后来才知道自己犯下了很多的过错

菜单的图案外观过于诱惑
总是那虚假的比那真实的更多

我的心因这顿饥饿而品尝了折磨
从最初的美好衍生了恶劣

进了这家饭店坐过
我便对它的同类心生冷漠
201701302300

礼物

在这六月的最初
晴好的中午
我翻着挚爱的书
你咯咯的笑声
迎来了我即刻的转身

你做什么梦了
为何有如此欢欣的面容
我的小小的朋友
让我猜一猜
你可是在梦中
得到了心爱的礼物

我什么都没准备
为这节日的仓促
我的小小的朋友
待你醒来
我们就去山中漫步

那清新的一呼
那鲜花的一路
那碧绿的一湖
是母亲执意送给孩子
节日的礼物
201706021600

辑

三

那一天

那一天
我去了人民公园
蔚蓝色的天空
向我眨着清澈的眼
母亲紧紧地跟在我后面

我擦肩而过了无数的人群
我听见了欢乐的笑声
唯有你一声不吭

没有更多的人关注你
你蹲在柔软的土地上卖力
将每一棵花苗
保持着同等的距离

我不知道是哪一阵风
突然地刮起
带走了
你眼角悬挂的那一滴

201705260630

在那松林之间

我与挚爱的孩童
携带笑容
头顶着小城的蓝天
牵手走在松林之间

我们时而停下歇歇
感受阳光的一阵浓烈
赐予远道而来的客

一群红色的天使也来到林间
他们是来自学校的少女少年

他们带着笤帚簸箕
深入大地
搜寻着可能存在的垃圾

我偷偷地躲在队伍里
将这一场真实读在眼里
从内到外满心欢喜

他们肩并肩依偎
没有人在乎褶皱了衣袂
没有人厌恶肮脏的狼狈
201705131730

爱的诗歌

没有什么能够阻挡
一个女子的思想以及她的愿望
她将她的身体放置泥土之上
她将她的灵魂放飞爱的天堂

她就在那蓝天之下
她就在那大树底下
她与草木为伍

她的内心不擅长收留痛苦
她对一切象征生命的绿色生出爱慕

她的眼睛在哪里停泊
哪里就有盛开的花朵

她从不停歇
在这平淡的生活寻欢作乐
她总能轻易
为那一花一草一木一人
谱写爱的诗歌

201704231800

可愿为这仅有一次的生命全力以赴

我一直在等待一颗洋葱的茁壮成长
希冀它的更加美好可让我愉悦欣赏

最后却不幸目睹了它的憔悴与苍老
多么快的一场凋谢让心灵无依无靠
纵容天真固执的高傲终是画地为牢

我能否赠送一点小小的真实的祝福
我能否给予一些感人的积极的言语

可愿为这仅有一次的生命全力以赴
为亲手种下的一颗洋葱的日渐老去
为你我平凡生活里无穷无尽的灵欲

201703091000

蓝色的诱惑

今天
我一出门
凛冽的寒风就粗糙地亲吻了我
我连一句反抗的话都没有对他说

因为
他将蔚蓝色的天空赠予了我
而这恰恰是我急切想要的

我不能拒绝
我无法拒绝
生命的蓝色带给我的诱惑

201701211600

做一滴露珠，在你需要的时候

房间里的人不多
除了你
就只剩下了我

你在一首歌曲中欢乐
忘记了我
也忘记了窗外的夜色

你不比那湖水清澈
更不比那湖面宽阔

但我爱慕你如此地无忧
当我正走向成熟

我假装又重回了年幼
仿佛一切岁月的痕迹从来不曾有

我只做一滴露珠
在你需要的时候

201701162200

我习惯了这样的场景

又到一天夜幕降临
很少听到人们的声音
一切都处于安静

我开始对话
我的魂灵
因为心中
总有不干不净

那肮脏的血腥
忽远忽近
我习惯了
这样的场景

倘若这时
有人从我身边经过
不管一个两个
熟悉的陌生的
我都会选择沉默

我用冷漠
熄灭他们心中
熊熊燃烧的火
201701091830

一个人的海洋

时间
已经很晚
而我
还在贪玩

玩一种无声的情感
编织一张
捆绑自己的天罗地网

你可曾看见
一个人的海洋
一波地狱
一浪天堂

总嫌
黑夜不够漫长
转眼
就是天亮

遥远的姑娘
她丰富了
我的想象

20170101230

筹码

我远离了城市之华
循着路灯之下
找到了远处一户偏僻人家

山中的主人并不知道我是谁
却向我敞开了热情的心扉
他赠我一束墙角的野花
让我务必收下

想必你们一定会问
我为何不感到害怕
在这漆黑的夜晚
只有我和他
周边也找不到一个警察

我轻轻点燃桌上的一根蜡
把木头凳子当作柔软的沙发
安心地睡吧
今夜我只带了信任
这是我唯一的筹码

201612281400

无怨无悔

我安稳地
走在
这脚下的
每一步台阶

身后，前方
一切的美景
和绚丽的画面
我都看不见
心中念念不忘的
唯有那远在天边

回家的路途
是这般的遥远
而我却始终不肯
拉一个携手并肩

不愿向谁
抛出一个谄媚的笑脸
也不愿向谁
射出一颗心酸的眼泪

你尽管
尽管觉得我可悲

可是
我的生命
雕刻着珍贵和无怨无悔

201612201930

一场雪的白

我从哪儿来
你不得而知
我何时又将离去
你更不要去猜

我只是偷偷地
来到你家窗外
悄然涂抹了
一树的白
只想让你
忘却连日重重雾霾
看见无数花开

你不必奇怪
不必悲哀
更不必翻越人山人海
有些人有些心有些情
生来从不表白

201612201225

委屈了什么，也别委屈了我的心

比起那家中的墙
身上的衣裳
还有那脸庞的肮脏
我更加愿意优先打扫我的心

因为
假如我肮脏了我的心
纵使你给我万两黄金
赐我锦绣前程
我站在夜的黑
怎样也走不到天的明

201612201330

你从不曾走远

走在阳光明媚的蓝天
久违了呼吸的新鲜
清晰了模糊的双眼
燃烧了熄灭的火焰
艳丽了灰色的画面

任风儿吹得凛冽
通红了两耳
也不舍与光秃的枝丫告别

是谁
坚硬了柔软的一对肩
又是谁
成熟了羞涩的一张脸

不去试探那池塘的深浅
也不去猜测那宝石的圆尖

你就在眼前
我何必贪慕天边
你的身影从不曾走远

201612141921

当我沉浸在悲伤

天黑了
我早早地就关了窗
拉了帘
上了床

我熄灭了屋里一切的灯光
连同那窗外的月亮我也想遮挡

201612080830

走在儿时的村庄

墙上悬挂的大娘
儿时曾赠过我几件小小衣裳
如今不知去了何方

一起耍大的七郎
当初清秀的模样
如今臃肿了脸庞

家中那匹漏雨透风的白墙
已被高高的楼房遮挡
墙角那张破旧的板床
承载过我多少年少痴狂

半老徐娘
两鬓白霜
回到儿时的村庄
独自倚窗
无心梳妆

听风刮的嚣张
门窗吱吱作响
今夜究竟是谁回了故乡
半老徐娘
身后一片凄凉

201612061700

雪白的羊羔

一只雪白的羊羔
独自走在风景秀丽的山中小道
它看见猎人
转身就跑
可是
他明明已经放下了枪炮

雪白的羊羔
执着地奔跑
纵然他已经放下了枪炮
可是
他的骄傲和他心中隐藏的狂笑
它已经嗅到

不做他枪下的猎物
窒息在狂奔的路途
更不做他金丝笼中的宠物
舍弃自己对自由和尊严的追求

201612050700

沉睡的快乐

夜深了
我想我该睡了

我卷着铺盖
来到小卧

点燃
墙角一盏
壁灯微弱

无论窗外
燃烧着
怎样的璀璨焰火

都夺不走
夺不走
我此刻
想要
沉睡的快乐

201612032200

你来了，又走

你来了，又走
筑起奔腾汹涌的泪流
重重滴进杯中酒
溅起许多愁
恨不能相守

可是
你不曾回头
也不肯等候
也许
你一回头
便是拥有
也许
你一等候
便是长久

201612032100

我睡了又醒

漆黑的夜
没有发出半点声音
也不曾将我叫醒

我却突然起身
开灯
眼睛死死地盯着门
耳朵朝着北京的方向倾听
倾听

那久别未回家的人
也许
也许
会突然敲响我的门

201611232300

她也需要人们的欣赏

清晨
我离开了温暖的床
全然不顾那帘上点点的肮脏

我的心啊
只能看见那正在等待的阳光

他想穿过我的窗
进入我的房
爬到我的身上
我辜负了谁
也不能辜负艳阳

我匆忙推开窗
发现那
正在等候的
还有那满地的落叶悲伤
她不想钻进黑暗的编织袋
被送到荒无人烟的地方

她也需要
她也需要
人们的欣赏

201611150800

给你一颗糖

给你一颗糖
不顾饥饿的肚肠
也要把手中的唯一分享

给你一颗糖
多么真诚的目光
还去想什么失去的忧伤
有些东西
不必日夜背负心上

给你一颗糖
不为把高尚标榜
只想让你的心房
住进一缕温暖的阳光

201611111900

我热爱这随处可见的光阴

比起那灯火辉煌的歌厅
和那骚动不安的人影
我更喜欢与你
近距离地靠近

我猜测
你大概也和我一样
愿意拱手相让这明媚的光阴
成全那层层叠叠的倒影

201611072300

秋天的落叶

我从一阵狂风下穿行而过
沐浴着从天而降的陨落

多么耀眼的金色
我将它们捡起
——做成了快乐

201611062000

关于幸福的定义，我从不曾怀疑

当时光将我们带入了虚弱的年纪
我仍然愿意用同样的缚鸡之力借助轮椅
带你走进下一个冬季

任狂风渗透进身体的每一个缝隙
恶劣的天气无法走进我的眼底
我感受到的唯有丝丝甜蜜
听满街落叶飘尽哀鸣
也不忍舍弃生命该有的欢喜

就这样漫无目的地推着你
无须抛洒任何的言语
多喜欢这样的一份静谧

再多的字句早已成了多余
岁月的痕迹里写满了懂你
关于幸福的定义
我从不曾怀疑

201611031700

我有一个好听的名字叫夏薇

我有一个好听的名字叫夏薇
不知不觉用坚强走到了生命的十三岁

记忆中只有父亲干瘦的一双腿
还有他那长年擦拭不干的眼泪
关于母亲的甘甜滋味我从不曾体会

家里有一只母猪是我亲手将它喂
沉重的柴火压弯了我柔软的脊背
跋山涉水采一筐草药
只为换父亲病榻前中药一味

满目疮痍无法将我高傲的灵魂摧毁
一棵赤诚的心不能随便叛变追随
只问躺在他人身边依偎的母亲
舍弃自己的骨肉你可曾有半点后悔

201610250900

生命本来的样子

喜欢将你的美丽不厌其烦地存储进手机
只待灰色的天空来临
我可以欢愉地想起

曾经
你带给我的关于蓝天的片刻记忆

喜欢成片的树林茂密
胜过你乌黑的长发飘逸

我在每一片浓绿里闻到了沁人心脾
才知道生命本来的样子

201610231130

又过了一天

又过了一天
无法抓住的时间流逝在指尖
寂寞的人夜深人静又重回了起点
将孤单一层层蔓延

又过了一天
心上的人她的脸漂浮在眼前
怎样都不能拉她到枕边
狂乱的心已经到达了极限

又过了一天
那个痴情的少年
从夏天盼到秋天
日复一日
年复一年

谁度他红尘之恋
谁与他携手并肩
谁解除他一厢情愿的执念

201609282000

有一阵风从我的耳边吹过

慢慢地我习惯了沉默
什么都不想说
也许什么都不必说
找一个安静的角落
将身躯蜷缩
闭上眼睛趟过心上的那条河

慢慢地我开始寻找解脱
夜深人静的时候念一声阿弥陀佛
前世种下了怎样的因
今生就收获了怎样的果

慢慢地我有了精神的寄托
为了他的
也为了我的
我们继续安然无恙地生活

慢慢地有一阵风从我的耳边吹过
我睡着了
右手搂扶着耳蜗
左脚伸进了被窝

201609262300

我是千年的情种

我是千年的情种
穿越浩瀚的太空
每一颗星球都是我的郎中
治愈着爱的不同

我是千年的情种
日夜为爱情歌颂
每一粒文字的心脉中
都跳动着年轻稚嫩的痛

我是千年的情种
在爱的田野里播撒着火热的冲动
任冰雪路封飞鸟鱼虫
不变初衷

我是千年的情种
贪恋人间每一朵月貌花容
用心编织每一段爱的相逢

我是千年的情种
化作一阵秋风
扰乱一场红尘痴梦

201609262000

辑四

知音

你可曾在漆黑的夜晚
遥望过天上的星星
有没有那么一颗
走进过你的眼睛

她不是最亮晶
却夺走了你的心
你因她的光明
保留了最初的纯真

尽管她
时常照耀肥沃的田野
还有成片茂密的树林
以及那树下的人影

她将她的魂灵
赠予了她心上的情人
你仍然不灭心中
火热的感情

仍然相信
相信她是你生命中
不可缺失的知音

201612302300
（首发于江西诗声微信公众平台）

母亲

母亲的付出总是比得到的多
母亲的痛苦总是比欢乐要多
我笨拙的笔头总是难以言说

母亲的痛我无力触摸
母亲的伤痕难以愈合
母亲的眉宇下着泪河
母亲的白发照亮着我

关于母亲的传说我一一记录在册
她所经历的永远不会被岁月吞没

201612061121

时光

不知从什么时候开始
年龄成了她羞涩的秘密
难以启齿

曾经的花季
高攀不起

她努力地回想
许多年前自己娇嫩的模样
引来多少年少痴狂

如今
是谁把荡漾的春风埋葬
她想
定是那铁石心肠的时光

他吸附了姑娘身上的清芳
连同那残留的余香

再也不会
再也不会
翻起
任何的汹涌波浪

201611151030

妈妈，我想和你在一起

隔着冰冷的玻璃
我试着将沉睡的你双手牵起
可无论我多么用力
你还是躺在那里对我不睬不理

我看着桌上空空的碗底
多么熟悉的记忆浮起
那一粒粒米是你亲自将它们送到我的嘴里

你长久不起
我好累将瘦弱的身体
交给同样矮小的座椅
我靠着它的肩膀如同趴在你的胸膛
可无论怎样的温暖都无法将你代替

妈妈我想和你在一起
我带着眼角的泪滴再次爬上冰冷的玻璃
死亡到底是怎样的一种含义
我不要这样的分离

201610071121

学校里的那棵老柳树

学校里的那棵老柳树
秋风吹来你不愿意随风起舞
你说你是学校里唯一一棵大树
你习惯了千年孤独
你说有时孤独也是一种享受
我何时见过你满脸泪流

学校里的那棵老柳树
你热情地握着我粗糙的双手
如同这四十年来我们的安然相处
你留给我的无尽温柔

学校里的那棵老柳树
你轻轻地抚摸着我隆起的大肚
你说我装下了太多的油
不属于我的东西不要停留

学校里的那棵老柳树
你认真地将我眼角的皱纹细数
你说我过早地将皮肤干枯
人要学会满足

学校里的那棵老柳树
你突然撕开你的肚

袒露你身躯的干枯
你用尽生命的全部
陪我踢完最后一场球
你说你无法再继续陪我追逐
生命就要结束

201610030900

不要随意评论别人的生活

不要随意评论别人的生活
你是你的
我是我的
难以言说

不要随意评论别人的生活
我们不曾走得那么深刻
便失去了
充当裁判的那份资格

不要随意评论别人的生活
丢弃那令人烦恼的
遗忘那让人忧伤的
我们一起飞向那更加美好的

也许不是别人眼中璀璨耀眼的
但的确是自己真心想要的

201610032300

山里的村姑

山里的村姑
你看那千年古树
一生中得到过大风几次温柔的安抚

山里的村姑
你看那光秃的山丘
一年中苍天赏赐过几回生命的雨露

山里的村姑
你看那蝴蝶飞舞
引来多少狂蜂走在追逐的旅途

山里的村姑
你不要再亲吻孤独
试着用左手握着右手
也是一种熟悉的温度

山里的村姑
你要学会满足
人生就是一种赌注

山里的村姑
放下痛苦
你看你已经走在那幸福之路

201609272300

想必她与我一定心心相印

我睁开我明亮动人的眼睛
为这明媚春天里各色艳影
相信在这欢乐的良辰美景
定会有什么东西将我吸引

我看见有一个可爱的孩童
试图将某朵桃花抓在手中
她的年轻的母亲离她很近
但却没有将她高高地举起

她只是快速地拿出了手机
记录了她眼里最美的回忆
我朝她笑笑发出温柔之音
想必她与我一定心心相印

201703150900
（首发于中国诗歌报微信公众平台）

你只需记住，相遇的最初

这短暂的一生
你能途经多少次爱的幽谷
又有什么神力可将这人生之路
再次地重复

你断然不能把遇见的旷野之花
一一摘下
更不能把它们变成心中
深沉的永恒的牵挂

你只需轻轻地记住
相遇的最初
心里的那份无比欣赏
与一份关于陌生的爱的幻想

只要这幻想不降临你的身旁
就不会引起任何人间的事端

201702260850

她为泰生下了孩子

他常去的那家蓝色酒吧
时常能见到飘逸的长发
他只需那么轻易地勾搭
有一个姑娘就去了他家

从此姑娘再也不去了酒吧
她留在了他温馨的家
与其说她爱上了他的高大
不如说她爱上了他的厨艺
他总是能在餐桌上给她无数惊喜

于是
她不再挑剔他的年纪
她不征求爸妈的同意
她不管不顾地和他结婚了
然后生下了一个可爱的儿子
那是她与泰唯一的联系

借着这层关系
她时常去泰的墓地
带着孩子
默默地哭泣
她要让他知道
她是多么努力

终于生下了他们的孩子
她满心欢喜

而那个深爱她的丈夫
对这个孩子
又是多么中意
并且深信不疑

201702241000

我慕名而来

清晨
我从一个陌生的村庄经过
感受着它表面的冷漠

这绝不是一场偶然的路过
我的脚受伤了
我慕名而来
带着内心的饥渴
与一份人与人之间
因信任而产生的快乐
走向生命的骨科

我的头发太短了
也太乱了
可这有什么关系呢
长发飘逸在人们的心里
每一个众生都是唯一

和蔼可亲的医生
为我贴上了神奇的膏药
这膏药是千年的祖传秘方
它为人民带来了永恒的福报

201702062030

有一个目标叫心存美好

当我重新沐浴在金色的阳光
途经的狂风
便给了我热情的拥抱
并且邀约我一同奔跑
在往日欢乐温馨的小道

仿佛我的双脚从未受伤
我呆呆地站在它的身旁
感受着一阵风儿对我的友好

我在想什么呢
我该做什么呢
我可有什么话要诉说
关于一次小小的骨折
和一阵风儿的狂热

201702092120

对错

她不停地听着一首歌
一首生活赐予她的歌
这歌声中有悲伤也有欢乐
有善良也有罪恶

她为这首歌奉献了她的耳朵
可是为一首生活之歌
仅仅奉献出耳朵
怎能足够呢

面对人们的疑惑
一只耳朵两只耳朵
统统无法准确地判断对错

201702082020

也许沉默适合每一个生命

一天过去了
一月过去了
一年过去了
十年过去了
漫长的岁月都被她白白浪费了

她很少做一些沉默的事情
她一直在说个不停
很少有人真正倾听
不知道她究竟说了些什么
也不知道她想要达成一个怎样的效果
或者她意欲向秋天索要一份什么样的收获

人们总能看见一个女人的身影
在白昼和黑夜中来回地穿行
她大概中了一种倾诉的毒瘾

你说她睡了吧
仿佛她又正清醒
也许沉默适合每一个生命
这生命包含女人
只是她得足够聪慧才行
只有拥有智慧的女人
才能创造更好的德行

而要明白这个道理
并让一个女人试着去遵循
又需要一生中多么幸运
一个女人要多么幸运
才能够听见智慧的声音
要经历多长的沉默
才可以解除心中的饥渴

201702032030

我在一部影片中顿悟

我于一个雾霾的下午
不肯外出
在一部影片中些许顿悟

这影片事关一个男人
这男人在他十七岁的时候
犯下了一个朦胧的错误

这错误在他三十八岁的路口
迎来了痛苦

这痛苦是一个秘密
无人可倾诉
无人可安抚

这倾诉这安抚取决于他良知的态度
这态度决定着他全部的快乐和幸福

201702021930

沉默是一首动听的歌

我安静地站在你的身边
微微地闭着成熟的双眼
与你共享这冰封的湖面
始终不肯赠你只语片言

你不要等我更不要怪我
我给不了你长久的承诺
承诺太多便会滋生谎言
谎言总有一日被人戳破
爱情的花朵也随之凋落

201702021200

他疯狂地追我

我从一家并不起眼的饭馆走出
悠闲地迈着我轻盈的脚步
不时地抬头看看天上的云朵
总有那么一朵住进了我的心窝

"站住！"
有一个声音从我的背后穿过
我回头
他正疯狂地追我
盘子在他手里高高地举着

我学他的样子
也疯了似的奔跑
甚至超出了他的疯狂
我在心里念叨
我不能死在他的手上

"你跑什么呀？"
他还是追上了我
"你为什么要追我啊？我得罪你了？"
我必须把心里的话说出来
死了也多少明白

"你的钱包！"

他头也不回地走掉
连我的谢谢也一并省掉

201701301100

这个春节，我从她的门前经过

这个春节
我从她的门前经过
大门紧锁
但灯却亮着
这给了我
很多的猜测

多年不见
也许她不再身材苗条
但至少还应该保持温柔
这是我多年来最甜蜜的快乐

我可以敲敲门吗
假装我是远道而来的客

我终于伸出了我的一只手
即使我什么都没有
我还可以为她唱一首歌

一首唱过的情歌
足够让人失魂落魄

201701292120

它来过，也许只是为了成全我

每一个白昼和夜晚
我都会为自己做一点饭
我尽量选择简单
例如炒一些紫甘蓝
不需要太多
只要吃过

假如我还感觉口渴
我便煮一个苹果
在一次次切割中
感受生命的奇特
试着去理解因果

它来过
也许只是为了成全我
让我活着并且保持快乐

201701292035

这夜晚是如此地安宁

这夜晚是如此地安宁
天上的群星开始出行
有一颗星星离你最近
但你因为她过于晶莹
放弃了与她一同旅行

她停了又走走了又停
始终睁大着两只眼睛
不忍割舍这爱情亲情
在这片富饶的土地上
在这个梦想的国度里
谁又能比谁更加清贫

201701232200

错误得太久，心便迷了路

这次的蓝天持续太久
我的心中充满了内疚
就像杀人犯突然醒悟
某一个深夜想去自首

纵然明日就是大霾雾
我也找不到一丝痛苦
只忏悔为往日的厌恶
莫将一颗慈悲心辜负

这样的感悟让我心生恐怖
我竟然在某一次的富有后
不习惯了生命的本该拥有

201701232000

厨娘的告白

我认识一位厨娘
低调又可爱
长长的头发盘起来

过多的油烟
改变了
她青春的色彩

但是
她从不肯离开
她的舞台
也不秀
她的任何菜

她说
她只为每一个夜晚的不期到来
她只为每一颗星星的不曾表白

201701211900

出走的灵魂

我走在忙碌的人群
偶遇了一位长发飘逸的女人
她洁白的裙
魔鬼的身
勾走了我的魂

直到有一天
我突然敲了她家的门
她以为又是那个讨厌的推销人
于是披头散发脑袋耷拉
一阵谩骂

从此
我的眼睛看不清
耳朵听不见任何声音
我的灵魂决意出走红尘

201611232100

我很早就睡了

每次夜晚来临的时候
我便早早地就睡了
将一切的黑都交给了沉睡

在梦中
它便不再属于我了
无论它裹着怎样的凶恶

当清晨第一缕阳光出现的时候
我便匆匆地起床了
将一切的光亮都塞进了我的心房

于是
我看见了
我亲手种下的大蒜正在茁壮成长
我看见了
窗外的小树正在勇敢地抵御冬日的严寒

201611220900

我在我眼中的模样

假如
一双清澈的眼睛
只能看得见别人的光鲜倩影
却无视自己的光明

假如
一颗年轻的心脏
盛满了悲伤
整日叹息悠长

那么
这美好的光阴
便永远地失去了希望
再圣洁的翅膀
也到达不了爱的天堂

201611141300

你不必惶恐，更无须紧张

你并不是那最高的
更不是那最好的
但是
那又何妨

我只是
偶然路过
你的身旁
借取一点你的亮光
照耀着
我欲前往的天堂

201611111700

树

你说
快看
一棵多么奇怪的树
样子歪歪扭扭
凹凹凸凸
说不清道不完它的丑

我说
请看
一颗多么神奇的头颅
深深地扎根在泥土
坚定地凝望着远方
远方
一片种满了欢笑与幸福的地方

201611051000

汤姆叔叔的小屋

汤姆叔叔的小屋
什么装饰都没有
唯有一本叫做圣经的书

他生来就披着黑色的肌肤
不怨恨父母也从不曾感觉孤独
一心信奉基督
相信慈悲定有上帝护佑

受尽人间疾苦
遭遇不良买主
却仍然忠心耿耿地做一名黑奴

不期待解放的一双手
日夜助人无数
惹来多少良善满面泪流

面对恶毒
汤姆叔叔宁死也不屈服
他相信总有一条通往天堂之路
临死也要把世人救赎

201611031900

你在北京还好吗

听说你那里的天空又灰了
我的心也跟着烧焦了
遥遥无期的思念
滋长着我狂乱的想法

真想给你打个电话
又怕
岁月的变迁
你早已经更换了当初的号码

我在南方的枝头
挂满了对你的丝丝牵挂
只要你一回头
它们便会飞上你的脸颊
将我的爱恋转达

我多想
变成北方的一场风沙
越刮越大
你便无心恋他早点回家

我又多么期盼
你从不曾长大
永远没有遇上北方的那个他

听说你那里的冬天很冷
漫天飞雪将大地冻僵
却不知何日才能融化

我看着北上的列车一次次地南下
真希望你坐上了它
我一次次地问自己
你在北京还好吗
如今短发是否已经变成了长发
真想
亲手为你捆扎

201609251100

此生不重复

我走过一段路
便会生出照片无数

无论青青的小草
还是高耸入云的大树
或者
只是那一块街边用来装饰的彩色画布
都成了我眼中恩泽的雨露

我饥渴地挽留
每一次遇见
都是最好的礼物

我执着地编织这幸福之路
听跳动的脉搏慢慢倾诉
将生命的不重复
写进我钟爱的一本书

201609232100

点名让她看见，断了她的爱恋

我见过一双不安分的手
轻轻搭在她柔软的肩膀

尼古丁洗劫了
她的薄短衣裳
酒精染红了
他的脸庞

他唯一一次将闲暇时光
送给了歌舞厅堂
只为拍一张属于他的轻狂

201609222000

我将痛苦画成了幸福

从前
我喜欢逢人便诉苦
催落泪滴无数

后来
我爱上了独处
我将每一个孤独幻化成
一个字符
白天黑夜在笔尖跳舞

慢慢地
我习惯了他的脚步
他习惯了我的速度
我们在沉默中感受彼此的温度

201609092300

寻一朵娇艳

我是一名风流倜傥的少年
来自天地之间
我什么都没有
只剩一点爱的自由和尊严

我时常停留在山谷与河边
只为偶遇我生命中的那一朵娇艳

倘若
她肯赐我一个笑脸
我便愿意
粉身碎骨为倾城容颜

201609092200

父亲，我终于来到您的身旁

我来自远方
不带任何的行囊
身穿一件薄衫衣裳
头顶着今夜最后一片月光
回到久别的村庄

依稀记得当年题名金榜
您欣喜若狂的模样
您用您宽厚的肩膀
将我送进了高高的学堂
我犹如插上了金色的翅膀
一路高翔
除了光芒还是光芒
我超出了您最初的想象

渐渐地我忘记了家乡
直到您两鬓白霜
失去了往日的强壮
我才倍感凄凉
原来
三千亿换不来你我缺失的三十年时光

父亲今夜我终于来到您的身旁
从此

嗅一池荷香
披一身艳阳
赏一张慈祥的脸庞

201609041600

不曾出走的温柔

三十年了
我再次来到村口
石头还是那石头
只是
不见了记忆中的那条狗

你望着天空
背上依然锁着个篓
我问你
怎么里面什么都没有

你动了动
你那被时光写满了粗糙的双手
轻声地告诉我
背篓里装着三十年前的温柔
你从不曾出走

201609011030

辑

五

晚归

我拖着一身
因生活而奔波的疲惫
眼里躺着
一滩无奈的水

远远地
我看着
路灯下
姑娘的后背
猜测着
她对我封闭的心扉

不知她的眼里
是否也噙着
和我一样的眼泪

我不知道
她是谁
却又迫切地想知道
她是谁

在这寂静的夜色中
与我一同而归

201612281120
（首发于江西诗声微信公众平台）

人生是一场遇见又别离的过程

你遇见了多少人
又别离了多少人
这来来去去的路程
又辜负了多少缘分

直到最后
不再相见
不再打扰
只取朋友圈里
一段岁月的静好

无须安放
无须隐藏
只需沉默相伴

201703040930

我独坐凉亭

我独坐凉亭
一些活泼的爱情飞出了眼睛
代替我忙碌在远处的人群

我到底在等待什么人
又有谁知道我此刻的心情

我们已经三十年没见
今天终于等到我们约定的时间

她到底会不会前来与我相认
又将投给我怎样的眼神

这一切充满了疑问
这爱情友情让人胆战心惊

201703041230

花本无语亦无情，你们多语又多情

听说她一宿未睡
自从昨夜与他一同晚归

他瞬间流下几滴欢乐的眼泪
这么多年的等待终于没有白费

其实，是因为咖啡
她一喝就无法入睡

201703011530

重逢

于我
每日最大的乐事
就是追逐蓝色的天空
对话隐形的风

在那蓝天之上放飞心中的梦
在一次次深刻的对话中
体会心有种种
世人皆有不同

除去这片蓝色的天空
我还要守候那远处的孩童
将那万千母爱慢慢播种

我只要肯用心地播种
就能收获
一张张天真可爱的笑容
还有一段段
我与那无忧无虑的童年
不期的重逢

201702261050

她与庙里的那和尚

她再一次坐上了开往寺庙的车
她的衣着打扮与信徒并无两样

她是那么地年轻她的脚步轻盈
她的表情看起来是那么地安宁

有一个男人缓缓地走进了她的眼睛
只是他的衣服多么地让人怀疑惊奇
他剃着光光的头穿着出家人的僧衣

他死劲拽着胸前的颗颗佛珠
但控制不住眼底汹涌的泪流

他因她的某次拒绝
一气之下入了佛门
终不肯再相恋红尘

他拖着她的单身
他盗了她的灵魂
他误了她的一生

她空闲时常来看看
她与庙里的那和尚
隔着泪眼婆娑相望

201702241040

他游戏人生

他终于还是嫌弃她了
人老珠黄
他与十八结婚的消息
她还是听她的婆婆偶然提起

没有人参加他们的婚礼
他的母亲登报
断绝了与他的母子关系

他们的婚宴
成了他心中抹不去的
一道血淋淋的痕迹

他劝十八生下他们的娃
可十八只回了一句话给他
我自己还是个孩子怎么可能照顾他
十年后我刚好二十八
那时再说吧好吗

可他是一条命啊
你怎么能轻易屠杀
你太残忍了
竟然亲手杀害自己的娃
三十九岁的他

根本就不能理解十八岁的想法

一年后
他终于解脱了
十八高兴地离开了

他跪在前妻的门口
像一个乌龟的壳

但不管他怎样地忏悔祈求
她始终没有让他进屋
她心里的那个伤口
世间再无任何良药

201702240930

一个女人喝下了生活的毒

一条河流看上去多么清澈美好
可是有谁知道
它的肚子里装下了路人投下的毒药

一条河流不会因为几粒甚至几瓶毒药
就突然地死掉
可如果这毒药被一个女人吃掉
那么她的下场会怎样呢

我认识一个女人
她就喝下了丈夫为她喂下的毒药
这毒药里有谎言无奈以及耻辱

她与丈夫的前妻一同居住
她看着他们和好如初
她偷偷咽下这生活的苦

她送完孩子上学后
就找每一个向她投来祝福的人倾诉
在这倾诉中
她伴随着泪流
而这泪流
无人肯收留

201702240900

慧如也曾温柔过我的当初

我为了一场婚姻的赢输
偷偷地掌握了妻子一些情感的证据
我多么狡诈并且胸有成竹

我请了我们当地最有名的律师
没有人知道
他是我儿时最要好的朋友
于是我顺利地得到了多套房屋
妻子净身出户泪眼模糊

其实我心中一直住着一个小妞
只是我太过谨慎不曾种下糊涂
这次我终于自由
可以名正言顺地召唤我的小妞
请她做我房屋的新女主
只是有一件事情我始终不能搞清楚
妞可以做我的妻子
却不知道她会如何对待我的孩子

慧如也曾温柔过我的当初
但最终还是无情地将我辜负
走上她欲前往的路
我突然莫名地难受
为这一次新的赌注

我押上了全部
孩子是我所有的快乐和幸福

201702231100

我不记得我点过什么菜

我不记得
我点过什么菜
也不关心
这舌下吞咽的
究竟是欢乐还是悲哀

我只知道
我一定还会再来
为这不能忘却的流光溢彩
为这心中久久的汹涌澎湃

一盏灯
一座城
轻易地将我收买

201702222200

我有选择地去靠近

我总是很容易
被一些美好的东西所牵引
例如
一朵花儿的姣好
一只蜜蜂的勤劳
我与花儿相伴学会了欣赏
我与蜜蜂共舞得到了回报

我远离某些事情的糟糕
努力向一些美好投靠
因为
一旦糟糕的事情走进了眼睛
便会在纯洁的心灵留下长久的阴影

201702092230

模糊的渐渐清晰

我在学校旁边
找了一户住处
总想在夜深人静的时候
偷偷进入

拷贝那朦胧的情绪
重遇那心动的小鹿

有一天夜幕
我终于
走在了校园的小路

曾经的它
对于我是多么地熟悉
可眼前尽是陌生荒芜

我在校园的小路
来回地停留
最终迷了路

夜色中呼救
牵我的一双手
竟是昨日的温度
只是那温度里还躺着泪流

再也不能停留
我加快了脚步
和住处的房东办理了退租
在黎明来到的时候

201701171230

我们之间的关系

人到了一定的年纪
便知道了什么叫做努力
努力就是拼尽全力

错过了很多的缘分
才明白什么是珍惜
珍惜就是心中只有你

有限的土地
刚收获了一点东西
就迫不及待地叫了快递

总想把所有的都给你
除了耕地的犁
与那洒在土地上的一路汗滴

201701171150

野鸭

他是那么孤独
却又是如此知足
一个人走在自由之路
将快乐和幸福千万遍细数

你问他有没有亲属
他回答无
你问他有没有朋友
他问你
朋友为何物

他不会疯狂地笑
也不会悲伤地哭
他只热爱那河水的温度
喜欢长久地漂浮

渴了
就喝口水
饿了
就同鱼虾追逐

困了
就栖息在蓝天之下
拥抱某朵旷野之花

201701031500
（首发于江西诗声微信公众平台）

我不知道有没有那么一天

我穿着厚厚的棉衣一件
走在这寒冷的北方冬天
感受着新年的幸福中街
我关注着马路的两边
与来来去去的人群擦肩

我不知道有没有那么一天
你经过了我的世界
就不再走远

我更不知道
有没有那么一种情感不问性别
有没有那么一双眼睛不看容颜

201701010900

野竹

于乱石之中偶遇你
我倍感惊喜

你问我
为何不嫌弃你所在之地

我说
这便是人与人之间的秘密

不是所有的眼睛都喜好华丽
我的目光正写着懂你

于万千红艳之中独爱你
这份唯一应当珍惜

201612281000

世界之大

我骑着一匹白马
走在世界之大

不进行任何的伪装
也不请求任何的隐藏

只是
随身携带
一个美好的信仰

始终相信
没有什么
需要藏在腋下
更没有什么
不能昭告天下

201612040900

娘

娘
曾经
您亲切的目光
胜似天上的艳阳
照耀着
我小小的心房

您亲手堆砌的几堵漏雨透风的白墙
犹如人间天堂
给我
多少
自由和希望

如今
岁月漫长
憔悴了
您丰润的脸庞
萎缩了
您的身材修长

儿子
黄金万两
买不回
一段
娘稚嫩的过往

201611062200

爱你的厨房，飘着一缕书香

亲爱的
许久不见
别来无恙

是否娇小的身躯
又忙碌在喂饱肚肠的路上
真希望
我变成一袋高粱
随你做成你想要的模样
一天天
一年年
香喷喷在你的面前

亲爱的
是否
早已忘却
我英俊多情的年少
无论我怎样的燃烧
你都不会看到
寂寞的烟火曾经多么骄傲

如今的我
依然蹲守在自己画下的地牢
只希望

化作一只蜜蜂的勤劳
日夜守候在你的身旁
轻轻为你捶捶疲惫的肩膀

心甘情愿拿一切去交换
只为闻一缕你的书香

201611051400

听说你留了男人的发

听说你留了男人的发
太可怕
曾经的爱恋
也许转身
就成了一段笑话

听说你留了男人的发
太意外
莫非
你无心红尘
意欲出家

听说你留了男人的发
太胆大
佛光
可会艳映晚霞

201611031930

岁月的长河吞噬了姑娘的娇羞

无法停止的一双
时光的手
渐渐地忘却了
最初的温柔

她用大声地吼
代替了亲切的问候
白白地平添了
许多的忧愁

201611032010

她是人间偷情客，难以形容

雨声雷声震耳欲聋
流浪的黑猫趴着窄窄的门缝
期待一点亮光驱赶周身的惶恐

屋里的那个男人与被子紧紧相拥
隔绝了现实无动于衷
脸上却泛着幸福的笑容
他闭着眼睛来回地将身躯扭动
怀里捂着青春的冲动

那只偷情的小蜜蜂
又闯入了他饥渴的梦中
给了他一段爱的重逢

这红尘云雨之空
下着万千人间不同
难以形容

流浪的黑猫将眼睛哭肿
继续忍受这人间酸甜苦痛

201610130400

我心依旧

我不喜欢将自己锁在安静的小屋
我喜欢走在城市的柏油马路
看那人群无数

我不喜欢伤心的时候独自用眼泪来安抚
我喜欢走出那心灵的漆黑孤独
去往世界最贫穷的路途深切体会人间疾苦

我不喜欢深夜将星星细数
想象着你牵着我的手在太空漫游
我喜欢你住在我的眼球岁岁长久

我不喜欢你只是活在朋友圈里
假装陪我度过了每一个冬夏春秋
我喜欢你紧紧地拽着我的衣服
站在生命的每一个路口
与我一起迎接寒风刺骨

我不喜欢你只是一个虚无
拼命挤进红尘中的庸俗
我喜欢你只是院子里的一棵大榕树
枝丫挂满了知足和幸福

我不喜欢你终日劳碌

找不到一点时间片刻相处
我不嫌弃哪怕你仅仅是一片山丘
你不必担忧我会干枯
爱是生命的雨露

201610112300

热血的少年，迷恋倾城的容颜

那越来越远的视线
慢慢地冲向了天边
模糊了他的双眼

再见不知会是何年
满腔的话积压在胸口
来不及赠她只语片言

他将自己锁在一个人的房间
拿出笔墨纸砚
将心用力地钻入了笔尖
只为画出一幅倾城的容颜
永住心田

他带着她的照片
跪于佛前
不求今生锦衣披肩
只求来世与她谈一场永恒的爱恋

201609252100

做自己的王

做自己的王便爱得疯狂
一旦思念滋长
就将心上的姑娘约到梦中的山岗
轻轻揽她入身旁
闻一夜沉香

做自己的王不再为孤单忧伤
更不必你争我抢
岁月的齿轮上永远雕刻着希望
年轻的王从不知何为沧桑

做自己的王想怎样就怎样
梦里伊人的肩膀
再也无须层叠的专用纸张和温暖的奢华楼房
只需一片明月的微光
照着前路漫长

201609252000

抱歉，我不在

你好在吗
一个声音在寂静的夜里突然飞来
冲撞了满屋的缤纷色彩

很久没有和她说过话了
出走了多年的小女孩
该与她有一段怎样的对白

我看着手机发呆
很快便听从了命运的安排
假装自己不在

任秋风吹来庭院深处落叶摇摆
待时光匆匆身躯年迈两鬓斑白

201609241000

姑娘

伊人缓缓挪出房
镜中脂粉留余香
不恋软塌
独倚窗

艳阳缺失伴月光
堂中红烛点燃灯一盏
照四方

墙角红艳正开放
移花入身旁
几处香

夏季已过入秋寒
夜太长
添衣裳
手摸紫衫
忆不起究竟来自哪条巷

玉手轻抚裙摆上
音乐响起
舞一场
孤芳自赏的姑娘
辗转在他人的梦乡
201609202100

意念

我多情地躺在你的笔尖
想你所想
念你所念
仿佛
你就是那云里雾里的神仙

直到我看见了你的照片
一张多么普通的脸
瞬间
浇灭了天边璀璨的火焰

从此
我不再记得
很多年前的某一天
我在某个人文章的某一篇
偶遇了
生命中的初恋

201609081300

取高山之烟霞，弃平原之尘埃

我远离了
难以下咽的雾霾
避开了
城市拥挤的人山人海

我寻了一处僻静的山
顶着爹娘的责怪
勇敢地来这里独居采摘

我不忧虑野狼的袭来
也从不担心
有多少人类能够真正地明白

我只想携一缕花开
在灵魂最柔软的地方
安营扎寨

201609081030

娘活着的时候，你总是好忙

你一直都是那么高高在上
习惯了
灯光笼罩的辉煌

你有了金色的翅膀
还想要浩瀚的海洋
你的身躯
承载了太多的欲望

你忘却了时光
忘记了家中的老娘

直到有一天
你的眼里噙满了悲伤

你满世界地喊娘
却不知道
娘去了什么地方

201609081000

辑

六

丢失的新闻系

每个人都有或多或少的秘密
我突然问着镜子里的自己
有多少事情已经走出了心里
又有多少记忆被高高挂起

我打开存储记忆的第一层抽屉
遇见了你
丢失的新闻系
你就是那万千悲伤之一

数一数日子
我们已经擦肩而过了十四个秋季
2002 年的那个开学的日子里
我多么应该走向你
却鬼使神差地搭乘了金融证券的客机
义无反顾地将你抛弃

如今
时光又将我带进了金黄的秋季
看落叶飘尽
化作尘泥
这般熟悉
便是生命的真谛

我拼凑着往事的记忆
向未来打探你的消息
想与你在下一个秋季
结下一份迟来的友谊
因为
我是真的足够爱你

假如我没有将头发剪得那么彻底
那么我一定将长发高高盘起
穿上你为我做的嫁衣
循着你红色的足迹
带着欢喜
一路狂奔向你多情的怀里

回到 2002 年那个残酷的秋季
该是我走得太着急
我用愚蠢背叛了自己
从此
你成了我眼底无法抹去的泪滴

毕业十年
我还是躺进了挚爱的笔墨文字
我该给短暂的生命之旅
一段爱的传奇

往后的日子里
我要多么努力
才可以
将失去的
——捡起
201609061130

我从清晨一直睡到了黄昏

我躺在床上
接受阳光肆意的亲吻
假装自己
还没从梦中清醒

我将你写给我的信
一封一封地用力揉进我的心
每一次揉进
就留下一个烙印

我带着滚烫的身
沿着满地的痕
爬到了我们的曾经

那些一起走过的风景
残留的余温
至今
不肯冰冷

201609051800

你还是和他结了婚

多少个花前月下晨曦黄昏
你红红的嘴唇
白色的连衣裙
让我几度销魂

我庆幸
我终于遇见了对的那个人
再也无须刻意找寻

我用我年轻单薄的身
小心翼翼地将你完整封存

从十六岁的天空
一路走到二十六岁的星辰
时间是我们最好的见证

可我万万没有想到
二十七岁的那一个严寒的清晨
天气是那么冷
你突然给了我一个无情的转身
永远地背叛了永恒

从此
你陌生的眼神

捆绑了我的孤魂
一世一生

201609041730

一个南瓜的童话

最初的时候
我只是一朵小花
幸福地期待着长大

后来我高高地悬挂
成了别人眼里最美的图画

再后来
我被一个男人带回了家
身上插满了刀叉

我的鲜血喷进了桌上他刚沏的茶
他气愤地说了一句"真傻!"

201608311600

轮回

你醒了又睡
睡了又醒
如此反复轮回

心上的伊人
靠着别人的肩膀依偎

疲惫夹杂着后悔
躺进桌上的高脚杯

你一杯又一杯
喝下的是酒
吐出的却是泪

201608302300

想给八十岁的你打个电话

小雨滴滴答答
穿过你披肩长发

我撑把小伞站在树底下
兜里揣着些许泥巴
深信八岁的你说过的那些话

如今你三十八岁了
我背负了三十年的牵挂
我怕这心头的负担越来越重了

于是
想给八十岁的你打个电话
曾经说过的话
还在吗

201608292300

分离

校外的树林里
阳光洒了一地
你一直在哭泣

风儿停止了喘息
轻轻为你拭去眼角的液体

草儿不断地拉扯你的外衣
在你雪白的肌肤上涂抹爱的痕迹
无论拥有怎样的曾经
终究还是走到了分离

201608292200

情人的眼泪

这么晚了
你还不肯睡
情人节的玫瑰
你送给了谁

枯萎的花蕾
痛彻心扉
寂寞的人
洒下几滴水

水晶做成的酒杯
狠狠地砸碎

201608292300

绿沙发

初次遇见
便生出欢喜
多少显得多情
让人无法相信

你问我喜欢你什么
我说
最爱你一身绿色

你说
假若你换一身装束是否我就不爱了
我微微一笑

是的
假如你是红色黑色或者咖啡色
那么我便与你不会有任何瓜葛

你轻蔑一笑
让我走开
你这个无情的家伙
收起你虚伪的爱

我无论如何都不肯离开
我说相守也是一种幸福

我就这样一直默默地站在你的身边
直到你褪尽了生命的颜色

你被扔了出去
我将你捡了回来

午夜时分
我听见了你一遍一遍的哭泣声

黑暗中
我触摸到了你眼角的液体
你紧紧地将我揽入你宽大的怀里
一次一次地回忆往昔

你说在你最美的时候你遇见了我
却又无情地舍弃了我
在你最不堪的时候我救你于水火
你任凭
泪水湿透了被窝
你说
这份写满了岁月的爱恋
你承受不起
今夜是我们的第一次也是最后一次

第二天当我在一片废墟中找到你时
你已经奄奄一息
我便知晓了你的决心和勇气

这份爱
过于短暂又长久
过于轻飘又沉重

你是我此生唯一爱过的女人
我在我们第一次相遇的地方
为你偷偷地做了一座坟

纪念我们曾经的青春
一起走过的日子
我这一辈子都不会忘记
也许会一直这样孤单
但是却了无遗憾
你终究是爱我的
虽然来得太晚

201602192000

那一夜

那一夜
我又看见了你的眼睛
多么柔美又深情
白色的连衣裙
飘荡在茂密的树林

那一夜
我从睡梦中惊醒
寻不见你娇妍的身影
我拉开紫色的窗帘
只望见了
满天的星星

那一夜
我数着天上的星星
有着十几年来最甜蜜的心情

201705262330

淡淡的忧伤，关乎地久天长

我于一年中的五月
盗取了一段时光
将身躯置于车轮之上

我艳羡了
一只小船的靠岸
一个暮色中的村庄
一条山中的小道
一朵园中的芍药

我不停地奔跑
希望遇见更多的美好
可是没有一样
是我能够带回家供养

我一旦离去
往后的岁月
这千万般愉悦
也将跟着淡却

仿佛从不曾遇见
仿佛从不曾艳羡

201705252100

睡在我下铺的兄弟

是什么样的神力
把我们聚在了一起
上铺　　下铺
隔着一张床板的距离
每一个寂静夜晚的到来
我都能听见你的呼吸

睡在我下铺的兄弟
十五年来
你的身影从未远离
你的笑容
是我最深刻的记忆

你笑口常开
你的言语多么坦率
你拥有我此生最珍惜的情怀

201705190800

遥远的忧伤

妈妈
当我中午醒来的时候
我的世界只剩下一片空荡

我不停地哭泣
我什么都不想
我什么都不要
我只希望
您能温暖地待在我的身旁

当我哭泣的时候
让我的额头紧贴着您的胸口
对我的任性
对我的撒娇
您不要大吼大叫

妈妈
您只需借我温柔一靠
待我长出翅膀
飞向我要去的远方
那份遥远定会让您珍惜
此刻我们相处的每一寸时光

那遥远的一阵微风

一片阳光
都会让您思断衷肠

201705061600

上石轩，艺术与设计的联姻

我的名字叫设计
今天我就要出嫁了
嫁给一名美院的书法家
嫁给一名美院的画家

我不是不能找到那更好的
只是那更好的不是我真心想要的

我爱我那郎君的家
他家窗前飘着一袭白纱
纱上有他凤泊鸾飘的书法
墙上挂着一束花
合欢是他亲手所画
花下他沏着茶
与我诉着悄悄话

他的一片真心与我联姻
美化了我的眼睛
洗涤了我的灵魂
安逸宁静又温馨
他为我建造的心房
是艺术与设计的天堂

201705060900

感谢亲爱的你在我身边

为某一次参赛
我跳进了人海
我动用了人脉

我不用我的眼睛看
我不用我的脑袋想
我不用我的耳朵听
心灵还是替我传来了声音

这绝不仅仅只是一个赞那么简单
它是人世间奢侈的情感
它是海底深埋的宝藏
它掀起过心脏最汹涌的波澜

每一条留言
每一次遇见
都如火似焰
感谢亲爱的你
一直在我的身边

201704301020

每个清晨我无须早起

我是一个正在老去的孩子
别人眼里没用的东西
每一个夜晚我安然睡去
每一个清晨我无须早起

那摇篮里的孩子
已经会读诗了
他对我的熟悉
还不如那印刷的白纸黑字
他其实是我的孙子

我不记得
这是第几次
我勇敢地闯入别人的根据地
对我那亲家的名字
我怎会忘记

是她用整日的劳累辛苦
将儿孙贴心照顾
才有了今日的团聚

别人都说我很孤独
不够幸福
这其实都是别人的误解

我们怎能
不付出却想着要把所有的东西
据为己有

我们又怎能
对别人一番辛苦而产生的收获
心生嫉妒

201704271500

孩子，我是母亲

我的孩子啊
我是母亲
请仔细地倾听
听听来自母亲的声音

母亲高举着喇叭
母亲站在日月星辰之下
母亲带着诚意
母亲以人民的名义

我的孩子啊
请赐予母亲
人与人之间
心与心之间
最起码的信任

请不要嫌弃
有时候你看见的
我真实的样子
那丑陋的不雅的
正是母亲心中深刻的牵挂

孩子
你要体谅

母亲不能把你遇到的所有的问题
都一一解答
母亲相信
终有一日你会长大

孩子
母亲就在这里
请你耐心地等待
你要有宽广的胸怀
请给予母亲足够的时间
母亲会让你看见改变

你若不信
请抚摸一下母亲的身体
母亲的胸口
流淌着红色的血迹

为打下这片江山
为这一方国泰民安
母亲一次次选择了坚强
母亲不肯轻易哭泣
母亲要比任何人都更努力

孩子
今天
无论你看见了什么
无论你听到了什么
请不要害怕
请不要灰心
请保持最好的心情

我的孩子
母亲就在这里
母亲会一直陪伴着你
有母亲的地方你不会看见黑暗
母亲是夜晚悬挂的无数灯盏
只要你肯把眼睛擦亮
你就能被无数的光芒照耀

201704271000

我进过一扇门

我进过一扇门
门内
台灯一声不响地立在桌上
从不急于发出光亮

书籍笔直地靠在书柜中
从不担忧别人说它没用

鱼儿欢乐地游在鱼缸
忠诚于主人赐予的天堂

福字紧紧地贴着窗户
从不抱怨孤独

门外
围着一群人
对自己格外地残忍

总觉得欲望无法满足
总嫌弃自己过得不够幸福

201704121800

请让我再看一眼

桃花开得多么娇艳
请让我再看一眼

为那不告而别
为那消失的视线
为那又是一年

201704110830

我加入了一个群

我加入了一个群
里面都是七八十岁的老人
我用一颗年轻的心
试着去感受一群年老的人

他们不喜欢较真
他们是一群很容易就收获幸福的人
他们奔波在看望彼此的路上
他们等候在村口的大枣树旁

他们焦急地相迎
他们亲切地相拥
他们欢快地倾诉

他们一起挑选了墓地
并且亲手刻上了对方的名字
离别时在碑前流下了喜悦的眼泪
他们说此生相识无怨无悔

201704101200

无言

我们哥俩工作一天了
深深疲倦了
席地坐下

上有柳树娇嫩的枝芽
下有青青小草刚吐出嫩芽
前面有一群欢乐的小鸭
旁边有一簇黄色的迎春花

我们肩并肩
聆听古老的湖面
赠予我们人生格言

我们不曾说出一句话
空中满满的融洽
我们不走那歪门邪途
心中时常富有

201704101200

宝印

宝林不是她的真名
就像印心也不来源于真实
她们活在彼此的桃花源记

宝林说宝印是红色
她的幸运色
宝林和印心在一起就是宝印

宝林和印心有很大的区别
宝林的经历坎坷笔下血肉模糊
动人的故事书写了成就

印心一直在追求一种单纯的幸福
笔下多言语温柔
当宝林和印心躺在青青的草地
那将是怎样的场景

你不要去听那窃窃私语
更不要去怜香惜玉
她们是世间少有的女子
在这人世偶然相遇

201704100930

总会有阳光雨露

有时候
我会递给一些热情的人儿
些许的拒绝
我拒绝一场面对面的
人类的相约

我挤出一点时间
赠予明媚的春天
我去看望几棵新生的小草
我与几朵盛开的梨花合照

我看着树上的一只喜鹊
安稳地站在树梢
我不向它唠叨
它也不对我诉苦
我爱极了这沉默的相处

我抚摸过泥土
却不担忧它粗糙的肌肤
总会有阳光雨露
为它悄然修复

201704041630

午夜

我该深沉地睡去
却清醒地醒来
可有什么人
会在未知的安排中前来

我屏住呼吸
聆听生命的气息
有些记忆不肯远离
有些日子一生铭记

201704040000

我去过你的世界

那一天
首都机场一别
从此阴阳两隔

我听过
你多么凄惨的哭声
我见过
你多么呆滞的眼神

我去过你的世界
黑色的小屋
一个人的孤独

那里的道路两边
没有商店
那里
荒无人烟
……

201704032010

相遇再别离

我绝不是偶然
才欢欣来到你的身边
为这一场新的遇见
我又等了一年
我不曾对一朵娇艳
许下过诺言

我是一个愚蠢的懦夫
悄然而过了无数个春天
心中一直存在一个意念
我将一无所获
怪罪于命运的坎坷

对这短暂的春天
我只能承认
我的确对某朵娇嫩的花儿
生出了绵绵的情意
但这情意只安放心里
来年相遇再别离

201703312230

我会遇上不同的人群

相同的一条路
我会去走很多遍
我会遇上不同的人群
我会见到异样的风景

我不会对途经的同一棵树
太过熟悉或太过陌生
我敬重生命不断变化
却又轮回的过程

我每走过一个季节
就会看见一张不同的脸
这许多的容颜
都曾与我携手并肩

我选择了怎样的天气出行
是阴还是晴
这眼中的风景
这心之魂灵
都会有所区别

201703312150

她邀约我一同欣赏美景

我怎能拒绝一个孩童的热情
她邀约我一同欣赏美景
她明亮的眼睛放射着光芒
总能轻易找到可靠的伙伴
她递给我一个快乐的酒杯
让我细细品味

蔚蓝的天空
就在我的头顶之上
我可有什么事情
值得忧伤
从前彷徨终会过往

我与快乐的孩童
没什么两样
无非是年龄的增长
我只需将呆滞的目光
投放在娇嫩的花上
如它们一般尽情地绽放

201703271400

关于家乡

我离开家乡
已经很久
这脚步日渐不能适应
家乡的道路和泥土
以及那儿的人们身上
浓厚的淳朴

我站在遥远的他乡
铁石心肠
趴在钢筋混凝土
向更牢固的地方停留
却偶遇了家乡的油菜花
向我多情地招手

这心终不能抵挡温柔
一颗忐忑的思念
破土而出
一个自由的灵魂
正走在回家的路

我曾经封闭的
都是最好的
我曾经远离的
都是应该亲近的
201703261000

你长在我途经的路边

你长在我途经的路边
如火似焰
我曾捡起一片
置于我的左肩

温暖迅速蔓延
直至将心房燃烧
我心亦变得如你一般地高傲

不甘心
绝不甘心只做那片野地中无名的小草
要做就请做那人群中最高最好

只要眼睛一张望就可以见到
只要一见到便再也无法忘掉

201703260710

我不会忘记

在这美好的春天
我悄然来到你的身边
欣赏你稚嫩的形象
也听你欢乐地歌唱
请相信我的一片友好
对你我不会多加打扰
我只默默停留片稍

我不会忘记
你刚经历了怎样寒冷的冬季
如今重又炫丽多情
走进我温暖的心灵
谁会轻易弄瞎一双明亮的眼睛
放弃对一切美好事物的憧憬与追寻？

201703260650

我从一场相亲会上偶然经过

我穿过树林看见了无数人影
不知那里正发生着什么事情
我越走越近听见了一些声音
竟有女人带着孩子前来相亲

我努力让自己变得平静安宁
不要破坏了游玩的美好心情
我继续踏步向前睁开着双眼
尽管将他人的片言丢弃一边

心有自己的标尺就无须解释
任凭那流言蜚语随风而散去
只肯用心享受这美好的时光
紧紧依偎在挚爱孩儿的身旁

201703201100

每当眼睛不能欣赏心灵便会失望

我在酒店的自助餐区来回地游荡
想让这摆渡的灵魂早点扎根地上
这陌生的人群可有什么让我吸引
每当眼睛不能欣赏心灵便会失望

一对父女的亲密我能否看在眼里
一个苍老男人的友好我可会在意
或者一个错误背后的一声对不起
甚至一片污染的空气糟蹋了身体

这许多的好与坏常连接着恨与爱
如何才能保持住生命的缤纷多彩
我听说心生美好可改变人的相貌
慈悲心肠要带往所去的任何地方

201703200930

我将每一次蔚蓝都当成狂欢

当我置身在蓝天之下
这心对世间了无牵挂
我习惯将每一次蔚蓝
当成一场重大的狂欢

你无须刻意将我遗忘
我会复制每一个以往
只把这情意安放心上
绝不给予它多余期盼

就像偶尔的一个傍晚
你给我盛了一碗米饭
或者一个安静的夜晚
你对我道了一声晚安

这许多小小的不经意
足够在我敏感的田地
蔓延层层叠叠的甜蜜

多容易就感受了满足
多轻易就收获了幸福
这人生无须再有苛求

201703150940

我听说又到了一年的花期

我安静地躺在漆黑的屋里
蜷缩着我干瘪发臭的身体
靠清风传来一些动人消息

我听说又到了一年的花期
人们情不自禁地奔赴花海
俏姑娘和俊少年开始恋爱
他们谈及美好遥远的未来
签约彼此心中幸福的年迈

看时间的车轮缓缓地前行
运载着爱人由熟悉到陌生
任风儿吹干了所有的亲吻
听花瓣滑落而发出的声音
带走了爱情也模糊了眼睛

多想趁着这温暖前去游览
亲手安抚那片天空的蔚蓝
我已经走到了生死的河岸
竟然再次对人生有所期盼
这一切实在来得太晚太晚
我终究是要拥抱着那遗憾
无人能填补这心灵的空洞
无一字可形容这苍老苦痛
201703150830

你不能随便将她成功诱引

她喜欢站在那高高的山岗
身后与前方总有美景相伴
假如你刚好途经她的身旁
正被尘世的烦恼紧紧纠缠
那切勿与她谈起你的衷肠

她的心中装满了甜蜜爱情
以及因那爱情诞生的结晶
你不能随便将她成功诱引
她的意志如磐石一般坚定
你终会体验她的冷漠无情

直到有一天你爱恨藏于心
不再苦苦挣扎世间一厢情
你于是容忍她高贵的安宁
沉默与她共享这世间光阴
心灵从此幸运地握手光明

201703122130

我不等那亲爱的人儿都来了

趁这眼睛还能看清
趁这脚步还算轻盈
我毫不犹豫地走出了家门

谁能阻挡一颗苍老又顽皮的决心
谁又能在人群中发现一个平凡的女人

我不等那树儿绿了
我不等那花儿开了
我不等那亲爱的人儿都来了

天空已经赐予了我湛蓝
我何必再苛求温暖
就让这寒风与我为伴
我们一同尽兴游览

201703011020

你的背影嵌进我的生命

我盗取
每一颗
夜色中的星辰

用力
注射进
微弱的生命

我于
深沉的睡眠中
清醒

用你
欢乐的
昨日的背影

迎接我
每一个
今日的清晨

201702280850

辑

七

你我来去自由

如果你来
就安心地存在
我言语不多
休怪冷漠
我的胸口住着一团火
我太热烈
你便会受到折磨

如果你走
我绝不挽留
不要怨恨
只是辜负了缘分
这漫长的人生
总有人行色匆匆
不习惯久等

201702092300

我还没有起床

我带着金色的梦幻
在幽暗的长夜中闲逛

清晨的阳光
怎样也不能把我呼唤

一颗想要沉睡的灵魂
将身躯彻底瘫痪

201701311050

多么幸运我睁开了双眼

我曾经多么讨厌这荒芜的冬天
没有任何的绿色可以让我看见
也没有一个人能改变我的意念
我索性心甘情愿关闭我的双眼
直到迎来一个百花盛开的春天

可就在今天我走出了往日视线
携手蓝天我看到了无数的娇艳
是谁刻意装扮了春天引我出现
多么幸运我睁开了暗淡的双眼
一张羞红的脸丢在冰封的湖面

201701302030

为每一次遇见

要等待多长的时间
才可以遇见
一朵花儿的娇艳

一朵花儿的娇艳
在一个欣赏她的人面前
究竟可以维持多长的时间

为每一次遇见
你是否想过她也会凋谢

假若她走到了凋谢的那一天
你是否还能保持最初的不变

201701211600

半夜唠叨

不知道睡了多久
也不知道做梦了没有
唯一的清醒就是
身躯被被子包裹的温度

身体是温暖的
而依附在身体上的灵魂
是虚无缥缈的

真想把她请出来
面对面地坐一坐
聊一聊
在这夜色姣好
趁这身躯还算完好

201701200300

如果萝卜也能诉说

锋利的刀刃
一次次下落
白色的身躯
瞬间被切割

如果萝卜也能诉说
那么她一定是很疼的
她的痛苦
定然超出了
我所能感受

她连死了
也不肯流出一滴血
只为庇护
我所有的罪恶
成全
我在世间继续地苟活

我总认为
我至少是善良的
直到这一刻
我读懂了
一根萝卜的沉默

不能诉说的
总是比能诉说的
要承受更多
······

201701191300

决心是你最大的勇气

还记得我们第一次相遇
你独坐草地轻声地哭泣
天并不冷你却围着围巾
墨镜的冰冷不让人靠近

于是我坐下来安静地倾听
与你保持五米左右的距离
故意拨弄我诗一般的发迹
此外便不再发出任何信息

只是想让你知晓有人正途经
她可能承载了你生命的惊喜
你看起来是那么地年轻帅气
偏偏脸上下着缠绵小雨淅沥
我猜想你定是痛苦情场失意

还有什么比那爱情更让人着迷
你看着我不语终于停止了哭泣
决心是你最大的勇气令我惊喜
你头也不回地奔向花儿的甜蜜
那花园里究竟还藏有谁的足迹
我从不轻易过问也不愿意提起

201701141221

我欣赏你的美丽

我还在不厌其烦地欣赏着你的美丽
沐浴黑夜如同身处白昼一般地欢喜
迟迟不肯脱下身上那件蓝色的外衣
它多么像你走进过我粉红色的回忆
一旦轰轰烈烈来了便再也不想分离

耳边突然传来一个关于阿霾的消息
他大概要停留四日直至有大风刮起
我的心一下子就沉入了深深的谷底
再也没有什么比这更痛苦的事情了
我关闭了手机感到了一阵阵的困意
但愿那肮脏的空气不要走进我梦里
在梦里我也特需要生存下去的勇气

201701132200

姑娘的心思

舞动的树枝
弯弯曲曲
裸露的身体
变幻了样子
迷人又欢喜
勾走了
姑娘的整个心思

可是
这红尘中
姑娘的心思
你岂能轻易得知？

若不是长相守
又怎能相知？

她爱你
只在
蓝天时

哦，伙计
多么残酷的现实

但是

请不要哭泣

这世间
有谁的爱情
能够清澈透底?

而你的根须
又何曾没有偷偷入侵过
别人的土地?

201701131500

二十八岁未成年

如果你一直在原地踏步
他凭什么
还要拉着你的手

他不能只拥有你身躯的温度
他也需要你的前程锦绣

二十八岁的女人
当你的男人
突然向你提出分手
你不要哭
不要痛苦
更不要争论不休

你尽管放手去优秀
你若锦绣
让他目睹
他便会再次跪求

201701091620
(影片观后感，很残酷，但是很真实！)

往事不堪回首

如果说
我曾犯下过什么错误
勾起了
你意识的轻浮
让我们的关系
变成了一种赌注
你赢
或者我输

那么
定然是我
是我高估了
我们之间的温度
原来
我们一点也不熟

如果你曾认识我
定然能感受
那清晰的
模糊的
都是我
都是我变幻的颜色

201701011100

Hi 二零一七

我刚从一场睡梦中惊醒
不知道究竟是谁
扰乱了这往日的安宁
我坐起来
竖起耳朵使劲地倾听
那踏步而来的声音
越来越近

带着欢喜
带着甜蜜
带着温馨
带着光明
仿佛是恋人念念不忘的初心
又像是天空遥不可及的明星

我是红炉印心
多么荣幸
即将与你一路同行
在每一段不舍的感情
在每一个落日的黄昏
在每一寸生命的光阴
与你相拥
紧紧
201612312350

另一种结果

太阳
躺在温柔的水姑娘怀里
轻声地呼吸
直到温暖慵懒的身体

我走过萧条的农田
干枯的草地
唤醒记忆中曾经的熟悉

故乡的这条小河
不止一次地为我洗刷过裤腿的尘埃
又千万回地喂饱过我身心的饥渴

她宽宏大量
原谅过罪恶
她柔情似水
火热了冷漠

无论春夏
无论秋冬
每一个清晨都充满了祥和

也许单调
也许寂寞

也许我会保持沉默

不必再问
我幸不幸福
快不快乐

猜不透
看不清
也是一种结果

201612061700

走在岁月的流沙

我痴痴地爱慕着她
看她正满腹才华
看她正青春年华

我竭力地隐藏昨夜刚升起的白发
将准备发给她的文字码了又码
心中既感到惊喜又害怕

突然身后传来一声
爸爸，你在干嘛？
原来
我已经缺失了表白的筹码
有些话我该偷偷地咽下
有些人我该重重地放下

那芬芳的花儿啊
我大概再也不能摘下
更无缘亲吻她
就让这窗外的雾霾啊
带走我一切的悲哀吧

走在岁月的流沙
我无能重回妻子闺中的娘家
我无力重走青春的步伐

那些意外冲动的想法啊
就自生自灭吧
……

201612040800

如果我忘却了你

落叶紧紧地拥抱着大地
直到深爱窒息
树枝伸展着千万条手臂
意欲触摸眼前的窗户玻璃
哪怕挣扎到赤身裸体
也从未想过放弃

农夫匆忙地
修补着家中漏风的每一道缝隙
他的妻子专注地
编织着手中孩子的寒衣

我催促着马儿
追赶着晨曦
看成群的孩子嬉戏
听美妙的音乐响起
与志同道合的友人探讨着生命的意义
可是
如果我忘却了你?

201611282300

天空飘来第一场雪

你轻轻地飞来
越过高山
越过人海
最后停留在我家的窗台
再也不想离开

你安静地
安静地
看我熬一碗小米粥
看我蒸一碗鸡蛋羹
听我播放一种
人世间最美最慈悲的声音

201611210900

重度梅园

我调整了我的心情
放慢了迈出的脚步

不料与你
又重逢在梅园的小路

你牵着一双并不属于我的手
播撒着他需要的幸福
眼里却噙着隐忍的溪流

我欲上前与你打声招呼
却怎样都挪不动
这身下的脚步

好吧
你继续编织你的前程锦绣
我继续繁衍孤独
偷偷咽下心灵深处的那份凄苦

我已不记得
我偶遇过多少人
又辜负了多少人

如今

她们全都杳无音讯
不残留半点温存

只是
只是这次
我太不幸运

你又悄悄地
悄悄地
走进我的心

201611191600
（首发于江西诗声微信公众平台）

清晨在露台

清晨倚门门自开
恍惚之间来露台

闭目养神心开怀
暂把雾霾当作海

低头蒜薹和油菜
青春岁月多精彩

舍弃京城固安来
一座城市一种爱

哪日又将离别去
笑着和云说拜拜

201605111000

来过

见过的果园菜园
实在太多太多

可每次经过
都要仔细地
看着看着

只为铭记
那一抹生命的绿色

还有体会
那其中的苦涩

因为
待你瓜熟蒂落
我们便再也不会遇见了

201606102300

天堂花开

人间四月
花已开
一朝一夕
成花海

今夜过去
清明来
各种缅怀

幻想
另一种存在

遥问天堂
是否花也开

凭借春风
轻摇摆

一个身体两去处
只好
两边游

这边伤心
那边保佑

过完春夏
盼冬秋

201604032200

云烟

某一年的某一天
突然
下起了思念

怎么也想不起
究竟是怎样
挂断了电话线

听不见
看不清
是天上的雨点
还是泪水涟涟

一遍一遍地
走进记忆的坟前
让往事再现

一页一页
撕成碎片
抚慰
祭奠

梦里
你轻轻地

来到窗前
化作云烟

你问我
花儿能否永远鲜艳
我沉默无言
你说花开花谢便是人间

201604012000

我既是我，又不是我

我将层层叠叠的雾霾
关闭在牢牢锁住的窗外
将从前关于我的记忆
一一提取出来

我看见
西湖的人山人海
向我扑面而来

我看见
法庭上那个哭泣的全职太太
为了她孩子的抚养权
一次次陷入了悔恨的悲哀

我看见
上海帝盛酒店 1717 的写字台
将我与先生的爱深深记载

我看见
落日余晖下远处的那片海
飘着制服军帽的可爱
还有他脸上写不尽的和蔼

我看见

一双多么小小的手
将我的眼镜悄然摘下
直扑我棉花糖般柔软的胸怀

啊
这漫长岁月里只属于我的足迹
大概可以筑起南方洪水汹涌的坝堤

这许许多多的记忆堆积
还有那未来遥远不可触及
足够将我的思绪带入下一个温暖的春季

这眼前的雾海
就让它乖乖地停留在我的窗外吧
我的心啊
它总能随着岁月的变迁慢慢回来

带着从前的我
带着现在的我
还有那未来的我
……

201611181100

如果有一天，再也不能遇见

如果有一天
我一不小心
走到了生命的终点

我们再也不能遇见
在这多情又温暖的人间

那么
请打开这些诗篇
总有某一个文字
会悄悄扎伤
你的指尖

我在上面
涂抹了思念
以及留恋

你痛过以后
定能看见

201701251730

后记

真的好喜欢，好喜欢你

我路过你的海域
在蓝色的海平面上与你相遇
蓝色同样的忧郁
那是你的眼泪打开了我的心扉
一碰就碎

喜欢你浓密的忧郁
掀起我最深沉的心绪
仿佛那遇见的不是你
而是我自己

你尽管驻扎在你的领地
我不会向你索取一毫一厘
我仅守候在我开辟的小溪
时而呼唤你
时而抓起一把潮湿的泥
那是来自你亲爱的故乡独有的气息

始终割舍不下那两个字
名叫懂你
只要一想起就是甜蜜
哪怕在梦里也无法忘记

和你一起捻着佛珠
口中食着素
你和我肩并肩
依偎在林中的某棵古树
看白色的小兔奔波在回家的路

红炉印心

2017 年 7 月 7 日